Rencor

NEFELIBATA

Gianrico Carofiglio

Rencor

Traducción de Montse Triviño

Duomo ediciones

Barcelona, 2023

Título original: *Rancore*

© 2022, Gianrico Carofiglio
Edición original de Giulio Einaudi editore, S.p.A.
© de la traducción, 2023 por Montserrat Triviño González
© de esta edición, 2023 por Antonio Vallardi Editore S.u.r.l., Milán

Todos los derechos reservados

Primera edición: octubre de 2023

Duomo ediciones es un sello de Antonio Vallardi Editore S.u.r.l.
Av. de la Riera de Cassoles, 20. 3.º B. Barcelona, 08012 (España)
www.duomoediciones.com

Gruppo Editoriale Mauri Spagnol S.p.A.
www.maurispagnol.it

ISBN: 978-84-19004-38-3
Código IBIC: FA
DL: B 9.649-2023

Diseño de interiores:
Agustí Estruga

Composición:
Grafime Digital, S. L.
www.grafime.com

Impresión:
Grafica Veneta S.p.A. di Trebaseleghe (PD)

Impreso en Italia

1

Siempre lo veía en el parque el sábado o el domingo. Llegaba a la zona en la que suelo entrenar, se sentaba en un banco, no demasiado cerca ni demasiado lejos de los aparatos, sacaba un libro y un cuaderno de su mochila, se ponía a leer y, de vez en cuando, tomaba notas. Aunque hiciera frío. A veces levantaba la cabeza y echaba un vistazo a su alrededor con una expresión de curiosidad, como si precisamente en aquel momento se hubiera dado cuenta de dónde estaba. Un día nos cruzamos y él se agachó para acariciar a Olivia. Olivia es un *bull terrier*. No es agresiva con los desconocidos –a menos que perciba un movimiento sospechoso dirigido a ella o a su amiga Penelope–, pero tampoco es sociable. Se deja acariciar, eso sí, pero con una indiferencia absoluta. Ya sé que estoy atribuyendo a un animal categorías interpretativas que se adaptan mejor a las personas (aunque no a todas), pero me gusta pensar que Olivia, lo mismo que yo, detesta las actitudes paternalistas y condescendientes, y trata de no establecer relación alguna con quienes hacen gala de ellas.

En cualquier caso, el tipo dijo «buenos días» y se agachó para acariciarla, sin preguntar si era peligrosa. Le puso una mano en el cuello y le acarició, con el pulgar y el dedo corazón, las comisuras de la boca. Olivia parecía encantada, le ofreció la garganta voluntariamente y meneó el rabo con alegría. Incluso ella –supongo– parecía sorprendida por lo que estaba ocurriendo.

–¿Cómo se llama?

Estuve a punto de responder que Penelope, pero era obvio que se refería a la perra.

–Olivia.

–Un nombre muy bonito. Es una preciosidad. Que vaya bien el entreno –se despidió mientras se alejaba.

Desde entonces nos saludábamos, casi siempre con un gesto desde lejos.

Incluso aquella mañana de domingo. Él estaba en el banco con su libro, yo entrenaba con la misma determinación neurótica de siempre.

Habían pasado puede que unos diez minutos cuando escuché a mi espalda un alboroto de gritos desesperados, ladridos rabiosos y gañidos. Me giré y vi a dos perros enzarzados en una pelea: el de encima era negro, el que estaba debajo blanco. Justo al lado, una mujer gritaba y pedía ayuda.

Todo ocurrió muy rápido, mucho más rápido de lo que se tarda en describirlo. Solté las paralelas en las que me estaba ejercitando, le dije a Olivia –que estaba atada a un árbol– que no se moviese de allí y me dirigí hacia la pelea, aunque sin saber muy bien qué podía hacer yo. Mientras iba hacia allí busqué con la mirada un palo o algún otro objeto que pudiese resultarme útil. Y entonces vi al hombre del banco, que me adelantaba corriendo, cogía al perro negro por las patas traseras, lo levantaba y lo lanzaba a un par de metros de distancia. La bestia –parecía un mastín italiano– rodó de forma violenta y, al levantarse, pareció medio aturdido. El hombre se le acercó, demasiado, y empezó a hablarle en voz baja mientras el perro blanco –en realidad era un dálmata– huía perseguido por su dueña, que parecía al borde de una crisis nerviosa. Un segundo más tarde apareció en mi campo visual un hombre de unos sesenta años que corría en nuestra dirección renqueando un poco, con una correa en la mano. El moloso estaba inmóvil, parecía hipnotizado. Cuando por fin llegó su dueño –que pedía disculpas a todo el mundo y a nadie en particular– se dejó poner la correa y lo siguió sin oponer resistencia. Parecía difícil creer que fuera el mismo animal que segundos antes había estado a punto de despedazar a un dálmata. Después de que los dos perros se marcharan con sus respectivos dueños, la atmósfera volvió a ser la misma de siempre, aunque de un modo casi irreal.

–Nunca había visto nada igual –dije.

–Para separar a dos perros que se pelean –respondió él– solo hay dos métodos eficaces y relativamente poco arriesgados. Un cubo de agua o lo que he hecho yo.

–¿Y a usted le parece poco arriesgado? El perro podría haberle mordido...

–Si se sabe cómo hacerlo y se actúa sin vacilar, es difícil que eso ocurra. El perro no puede morder si lo levantan por las patas traseras y, por lo general, después se le quitan las ganas de buscar pelea. O, al menos, de forma inmediata. La cosa cambia cuando se trata de un perro adiestrado para luchar.

–Por suerte, ese perrazo no entraba en esa categoría.

–Por suerte.

–Me ha parecido que le susurraba algo.

–Era para que se tranquilizara y para que el otro perro y su dueña tuvieran tiempo de marcharse. Lo que se diga da igual, lo importante es el tono.

No tenía aspecto de bruto. Gafas, estatura media, complexión normal o, mejor dicho, un poco delgado. Más cuerpo de corredor de fondo que de lanzador de peso.

–Se le dan bien los perros. –«Qué frase más tonta», me dije nada más pronunciarla. Me gustaría aclarar que a veces digo cosas más inteligentes.

–Me gustan los perros. Hace años me divertía adiestrándolos, ahora tengo menos tiempo. El mío murió hace unos meses.

–Lo siento.

–Cuando a alguien se le moría un perro muy querido, yo siempre aconsejaba adoptar un cachorro de inmediato. Es lo mejor que se puede hacer: mantiene el equilibrio y evita que en nuestra mente transformemos a los animales en seres humanos. Y a pesar de que es lo mejor, yo no lo hice. Actué, por así decirlo, de la forma que consideraba más equivocada en los demás: adoptar otro cachorro habría sido como traicionar a Buck. Vaya estupidez, ¿no?

–¿Buck como el perro de *La llamada de lo salvaje*?

–Sí, exacto. Felicidades, hoy en día ya no lo recuerda nadie.

–¿De qué raza era?

–Una mezcla de sambernardo, es decir, la raza de Buck en la novela, y pastor belga. Daba un poco de miedo al verlo, pero era buenísimo.

Nos quedamos allí unos segundos. Estuve a punto de preguntarle qué leía, pero temí que esa pregunta me hiciera parecer insensible ante su luto canino.

En aquel momento, Olivia –que seguía esperando pacientemente– soltó un único, aunque justificado, ladrido de protesta y frustración. Es una perrita poco locuaz: cuando dice algo es porque tiene un buen motivo.

–La llama, y con razón. Nos vemos por aquí un día de estos –dijo él.

–Nos vemos –respondí yo.

2

Cuando recibo a mis clientes (sigo sin acostumbrarme a llamarlos así) en el bar de Diego, siempre llego antes y charlo un rato con él, a no ser que esté muy ocupado. Me recuerda la época en que tenía un trabajo de verdad. Me presentaba en la fiscalía media hora antes de lo que tuviera que hacer –audiencia, actividad instructora, reuniones con abogados– y hablaba un poco con mis colaboradores. Me gustaba. Es una de las cosas que echo de menos.

–Hola, Diego.

–Hola, Penny. Hacía días que no te veía. ¿Todo bien?

–Decir todo bien me parece exagerar. ¿Y tú?

Me dedicó una expresión que no era usual en él y que no conseguí descifrar. Me miró como si quisiera responder y no encontrase las palabras.

–¿Necesitas el despacho? –me preguntó a continuación.

Asentí.

–¿Va todo bien? –le dije.

En la barra había dos clientes. Diego le dijo a María, la chica colombiana que trabajaba con él, que salía un momento a fumar.

–¿Qué pasa? –le pregunté una vez que estuvimos fuera, los dos con un cigarrillo encendido.

Hacía frío, el cielo estaba gris y encapotado. No tardaría mucho en empezar a llover.

–Ayer fuimos al juzgado por lo de la separación.

–Ah, vaya. Así que ya ha llegado el momento.

Se sorbió la nariz y me miró con una expresión abatida, teñida de dolor. Tenía los ojos húmedos. La gente que llora o que está a punto de llorar me pone nerviosa. Me siento responsable, aunque yo no tenga nada que ver, y no me gusta nada sentirme responsable. Le di una palmada torpe en la espalda.

–Ánimo, hombre. En el fondo lo decidisteis juntos.

–Nunca te he contado el motivo.

–Pues no.

–Soy gay.

Me quedé en silencio, fumando.

–No me digas que lo sabías.

–Vale, no lo digo.

–¿Cómo lo supiste? ¿Cuándo? –me preguntó en un tono a medio camino entre el estupor y el alivio.

Estuve a punto de responderle «Porque nunca me has tirado los tejos», pero eso habría estado fuera de lugar por diversos motivos.

–La verdad es que no se puede decir que lo supiera. Creo que solo imaginé que podías ser gay. Quizá por el tipo de atenciones que me dedicabas, por tu amabilidad, por tu forma de fijarte en determinados detalles, lo cual es muy poco frecuente en los hombres heteros. Ya sé que es un cliché, pero no sé explicártelo de una forma más precisa. Y tampoco recuerdo cuándo lo pensé por primera vez, pero en fin, ahora que me lo dices tiene lógica.

–¿Te sorprende?

–¿Que seas homosexual o que te hayas separado de tu mujer?

–Las dos cosas.

–Que seas homosexual no me sorprende en absoluto. Que

RENCOR

te hayas separado, sí. Ya, me doy cuenta de que suena un poco contradictorio.

Aplastó el cigarrillo en el cenicero que estaba delante de la entrada del bar.

—Eres la primera persona a la que se lo cuento. Gracias.

—¿Gracias por qué?

—No lo sé. He sentido la necesidad de darte las gracias. Por estar ahí, supongo. Por haberlo entendido, por estar ahora aquí hablando conmigo.

—¿Y tú cuándo te diste cuenta? De que eres homosexual, me refiero.

—No lo sé muy bien. Bastante tarde, eso seguro. Hasta he tenido un hijo... Ahora, si vuelvo la vista atrás, tengo la sensación de que siempre ha estado claro. Supongo que lo negaba, que no me atrevía a aceptarlo.

—Suele pasar. Nos contamos mentiras porque todo lo que implicaría la verdad nos parece insoportable. Pero no lo es casi nunca.

—¿No es qué?

—Insoportable. ¿Y cómo es que decidisteis separaros? ¿Ocurrió algo o tomaste tú la iniciativa de aclarar las cosas?

En el rostro de Diego apareció la más triste de las sonrisas.

—Yo jamás habría sido capaz de tomar la iniciativa. Sencillamente, Loredana descubrió que yo tenía una relación. Y poco después se enteró de que esa relación era con un hombre. Y de inmediato me pidió que me marchara de casa.

—Estará muy enfadada, supongo.

—Como loca, rabiosa. Si la hubiera engañado con una mujer, no sé si se habría enfadado tanto.

—Se habría enfadado, pero una situación así es más difícil de aceptar, porque pone en cuestión la feminidad de la

13

mujer, la percepción que tiene de sí misma. No debe de ser fácil, tiene todo el derecho del mundo a estar enfadada.

–Me entristece muchísimo haberle hecho tanto daño. Yo la quiero igual que antes, puede que más. Pero ella me odia y supongo que me odiará toda la vida.

Se sorbió la nariz antes de seguir:

–Dice que va a llevar el caso al Tribunal de la Rota Romana. No entiendo qué diferencia hay con un divorcio normal y corriente.

–Sutilezas jurídicas. Tras la decisión de la Rota Romana, el matrimonio quedará anulado. Uf, como si no hubiera existido jamás. Querrá alegar que ya desde el principio tenías reserva mental, que no tenías intención real de asumir el compromiso matrimonial.

–Sí, eso es exactamente lo que dijo. ¿Sabes, Penny? Tengo miedo de que use a nuestro hijo para vengarse de mí.

–Suele pasar. ¿Cómo se llevan vuestros abogados?

–Bien, creo. Son personas tranquilas.

–Entonces, dile a tu abogado que le proponga a su colega encuentros conjuntos con un psicólogo, por el bien del niño. Si los dos abogados son de verdad buenas personas, es posible que se pongan de acuerdo. Y puede que eso la ayude a ella a moderar un poco la rabia.

–Lo haré. –Contempló durante unos momentos un punto indeterminado del suelo y luego suspiró–. ¿Sabes lo que más me asusta de todo esto?

–¿Pensar en el día en que tengas que decírselo a tu hijo?

–Sí.

–Encontrarás la forma. A veces, imaginar estas cosas es mucho más complicado que hacerlas.

No estaba –ni estoy– del todo convencida de que esa afirmación fuera cierta. Ocurre a menudo que algunas cosas son, como mínimo, igual de complicadas de imaginar que de hacer. Sin embargo, no me pareció indispensable ser tan sincera; por lo menos, no en ese momento.

–Menos mal que has venido, ya hacía días que quería hablar contigo.

–Cuando se me necesita no estoy nunca, me lo han dicho en una considerable cantidad de ocasiones. Pero... ¿por qué no me has llamado?

–Lo pensé un montón de veces, pero no sabía qué decir ni por dónde empezar.

–Ese hombre con el que tenías la historia que ella ha descubierto... ¿Aún estáis juntos?

–No. Desapareció cuando se armó todo el lío.

–Vale. La próxima vez que tengas ganas de hablar, llama. Aunque sea tarde. Te pido que evites las primeras horas de la mañana, a menos que quieras cargarte una bonita amistad. Bueno, entro, que he quedado ahora con una tía.

La salita trasera del bar de Diego es, en la práctica, mi despacho. Casi nunca entra nadie. Pocos, incluso entre los clientes habituales, conocen su existencia. Y, en cualquier caso, si yo estoy allí, Diego cierra la puerta. Si me apetece, abro la puerta que da al patio y puedo hasta fumar.

La mujer llegó dos o tres minutos tarde. Habíamos quedado a las cuatro, que es la hora más tranquila en los bares de Milán o, mejor dicho, en los bares en general. Si a una le apetece beber sola, sin que nadie se le acerque ni la mire con desaprobación, la franja horaria entre las cuatro y las cinco de la tarde es la mejor.

Tengo mis propias teorías sobre la puntualidad. Llegar siempre a la hora exacta es un poco obsesivo; siempre con antelación es un síntoma de ansiedad, y siempre tarde es egocéntrico y demuestra una clara intención de ejercer poder sobre los demás. Llegar con un par de minutos de retraso no significa nada. O sugiere que la persona –al menos en teoría– es equilibrada. En resumidas cuentas, que llegar dos minutos tarde es ser puntual, pero no obsesivo. Aunque es muy probable que quien se pierde en estos razonamientos, ya sea mentalmente, en voz alta o por escrito, sea también una persona obsesiva.

Llamó y, cuando se asomó a la puerta, le dije que pasara. Tenía un aspecto normal y corriente. Algunos, sin duda, la habrían descrito como mona, pero capté en sus ojos una mirada tediosa que, de haber sido yo un hombre o una mujer a la que le gustan las mujeres, me la habría hecho parecer muy poco atractiva. Aunque en realidad... ¿cómo sé yo quién me atraería si fuera una mujer a la que le gustan las mujeres? ¿O un hombre? Llevo toda la vida sacando conclusiones hipotéticas a partir de premisas que no se sostienen. Y no solo sobre temas tan frívolos como este.

Llevaba una chaqueta cara de plumón, vaqueros y jersey de cuello alto. El único toque excéntrico era un mechón de pelo teñido de azul. El apretón de manos me pareció firme y poco cordial.

–Soy Marina Leonardi.

–¿Quién le ha aconsejado que venga a verme?

–Mi abogado, aunque no la conoce personalmente. Un colega penalista, del cual se fía mucho, le dio su nombre. Le dijo que si se trataba de un asunto realmente delicado era mejor acudir a usted, que resolvió un caso bastante desagradable de una niña que se había visto implicada en una red de pornografía infantil. También dijo que usted no suelta nunca la presa.

Hice un ademán despectivo con la mano. No le pregunté quién era el colega penalista. No estaba muy segura de querer saberlo y, a aquellas alturas, era solo la vanidad lo que despertaba mi curiosidad. Prefería no regodearme en la admiración de uno de los antiguos enemigos de mi época de fiscal, porque sabía que después de la satisfacción no tardaría en llegar una punzada de angustia, motivada por el recuerdo de cómo había lanzado mi vida por la borda.

–¿De qué se trata?

–Mi padre murió hace casi dos años. Yo estaba en el extranjero; ya hace mucho tiempo que no vivo en Italia.

Alzó un poco la cabeza. Estaba a punto de preguntarle de qué había muerto su padre, dónde vivía ella y por qué motivo se había marchado al extranjero. Sin embargo, me contuve, que es la mejor regla cuando alguien te está contando una historia. Se trata de una regla tan obvia como frecuentemente ignorada, incluso en el caso de investigadores con experiencia; hay que dejar hablar al testigo, sin interrumpirlo, hasta que termine de contar la historia con sus propias palabras. En la base de esa regla se encuentra un motivo técnico que se olvida demasiado a menudo: si el investigador, sea cual sea el tipo de investigación que lleva a cabo (privada, judicial o incluso –y sobre todo– psicológica), empieza enseguida a pedir aclaraciones o precisiones, a formular preguntas que se apartan del contexto de los hechos, lo que se determina es un efecto perjudicial, aunque poco intuitivo. El testigo, en lugar de contar su verdadera versión de los hechos, es «adiestrado» para que mencione solo lo que le interesa al investigador. Y de ese modo se pierden de forma irremediable detalles importantes. Sucede porque, después de haber contado una historia de una manera, tendemos a repetirla siempre del mismo modo, más que a recuperar de la memoria lo que de verdad ha ocurrido. Y por eso es mucho mejor dejar hablar a la otra parte sin interrumpir su relato ni nuestra concentración. Ya habrá tiempo más adelante para pedir aclaraciones y adelantar conjeturas. El problema es que a todos nos resulta difícil escuchar de modo activo, es decir, sin intervenir pero dejando claro que estamos escuchando. Supongo que depende de la inseguridad y de la prepotencia del ego. Más que la versión del otro, lo que nos interesa son las respuestas a nuestras preguntas. Y ese es el motivo, como decía antes, de que ni siquiera los investigadores con más experiencia sean inmunes a ese error. Naturalmente, entre quienes conocen esa regla y a veces se la saltan también me encuentro yo.

De acuerdo, me he ido por las ramas.

En resumen, que me limité a asentir y dejé que Marina prosiguiera:

—Me doy cuenta de que contarle los hechos en orden cronológico no es fácil. Una mañana, la asistenta llegó a casa y encontró a mi padre muerto en la cama. Estaba vestido. Sin zapatos, pero vestido.

—¿Vivía solo?

—Ahí voy, ese es el quid de la cuestión. Después de divorciarse de mi madre, mi padre se casó con una mujer mucho más joven que él. De hecho, dos años más joven que yo. El matrimonio con mi madre había terminado por culpa de las constantes infidelidades de él. Un infiel en serie, vamos.

—Y cuando murió su padre, ¿dónde estaba su esposa?

—Fuera de Milán.

Dejó la frase en el aire. Había algo extraño en su modo de hablar, como si todo estuviera en precario equilibrio entre una historia preparada en teoría y una especie de urgencia, una emoción que desmontaba el argumento. No me quedaba claro cuál era esa emoción: sin duda contenía una parte de rabia, un toque de desprecio, tal vez incluso de odio. Pero faltaba averiguar hacia quién iba dirigido.

–La mañana anterior al hallazgo del cadáver –prosiguió– se había marchado a un balneario en la Toscana.

–¿Le atribuye algún sentido particular a ese hecho?

–Sí. Ahora se lo explico. Tengo que aclarar que hacía mucho tiempo que mi padre y yo no nos llevábamos bien, por muchos motivos. El más grave era la forma en que había acabado su matrimonio con mi madre y todo lo que había ocurrido antes. Y, luego, el hecho de que se hubiera casado con una mujer tan joven me parecía... No quiero que piense que lo estoy juzgando, pero...

Era justo lo que pensaba. Moví ligeramente la espalda y me encogí de hombros. Un gesto que podía significar cualquier cosa.

–En fin –prosiguió–, que me parecía un... un error tan claro. Mi padre siempre tuvo mucho éxito con las mujeres y siempre se aprovechó de ello. Sabía elegir el resorte adecuado en cada caso: dinero, poder, encanto personal. Y si servía a sus propósitos, incluso explotaba cierto aire de fragilidad. Fue un hombre muy amado, un seductor hábil, pero... ¿no cree que hay algo raro en un matrimonio entre dos personas que se llevan treinta y tres años?

Era la clase de pregunta insidiosa que no me gusta que me formulen. Mi respuesta natural habría sido: «Sí, hay algo raro». Es lo que sugiere el sentido común y el sentido común no suele equivocarse. Pero mi impulso natural –que a veces acierta y a menudo se equivoca– es afirmar lo contrario. Por principios, porque soy así, mi impulso natural es decir lo contrario. Es una característica que estoy intentando disciplinar desde hace un tiempo. Sin mucho éxito.

–Ha hablado de poder. No me ha dicho a qué se dedicaba su padre.

–Era cirujano y profesor universitario. Durante una legislatura, ya hace tiempo, incluso fue diputado. Es posible que haya oído hablar de él, era una persona bastante conocida en Milán. Y no solo en Milán.

La mujer me había dicho su nombre cuando se había presentado. Me había quedado con el nombre, pero no con el apellido, que es algo que me suele pasar.

–Disculpe, ¿puede repetirme su apellido?

–Leonardi. Mi padre era el profesor Vittorio Leonardi.

Aquel nombre me resonó en la mente como un repique de campanas. Como un metrónomo que marca el tiempo y el destino (¿de verdad son cosas distintas?). ¿Cómo era posible que no hubiese pensado enseguida en él, después de escuchar ese apellido? Y, por otro lado: ¿la hija había acudido a mí por casualidad o tras nuestro encuentro se ocultaba una oscura trama? ¿Era casualidad o era el destino?, ¿de verdad son cosas distintas?

Cinco años antes

Era primavera, pero no sabría decir qué mes. Puede que abril: algunos de mis recuerdos son claros, otros nebulosos. Llegué al despacho a eso de las nueve y, como de costumbre, me encontré al subteniente Portincasa –destinado a mi secretaría– esperándome. Tenía la costumbre de echar un vistazo a mis nuevos casos, para indicarme los más urgentes e importantes, o los que por cualquier motivo debía estudiar de inmediato. Aquella mañana no había nada especial, aparte de un extraño modelo 45. En la jerga de la fiscalía, el modelo 45 es el registro en el que se recogen los «actos no constitutivos de delito». En teoría, son expedientes para archivar directamente, después de un examen sumario, sin poner en marcha una investigación. En la práctica, sin embargo, las cosas no van así. El modelo 45 es un gran caldero en el que se echa de todo: desde quejas absurdas como «Han robado la Fontana di Trevi» hasta denuncias de situaciones graves y sospechosas que, a veces, conducen a investigaciones importantes.

–Eche un vistazo a esto cuando tenga un minuto, fiscal. Si el autor de la denuncia no es un loco mitómano, podría ser interesante –dijo Portincasa.

Firmé algunas actas judiciales, fui a una audiencia preliminar para sustituir a un colega que se había ausentado por enfermedad y, hacia el mediodía, me senté en mi escritorio y empecé a leer.

No estoy seguro de que se tomen en serio lo escrito en esta denuncia. Sin embargo, considero que es mi deber escribirlo, porque ocurren cosas muy graves sin que nadie se ocupe de ellas. Existe actualmente en Milán, con ramificaciones en toda Italia, un grupo de poder paralelo a los partidos políticos (o lo que queda de ellos). ¿Recuerdan el sistema que existía hasta 1992 y que Manos Limpias eliminó más tarde? Este es igual, incluso peor. Para que se hagan una idea, imaginen una fusión entre el sistema anterior al 92 y una especie de logia masónica altamente evolucionada y peligrosa. Especifico que cuando hablo de logia masónica me refiero a la llamada «logia espuria». Para entender de qué se trata, basta una simple búsqueda en Google. En Italia, además de las tres obediencias masónicas oficiales y bastante controlables, existen al menos otras doscientas logias espurias que escapan a todo control. Como esta de la que les estoy hablando, que es un nuevo tipo de depredador generado, por así decirlo, gracias a la selección natural después de que la vía judicial haya eliminado a los antiguos depredadores.

Ustedes los magistrados son incapaces de atacar este nuevo fenómeno no por falta de voluntad, sino simplemente porque no lo ven. La evolución es más o menos similar a la que se dio en el caso de las mafias. Después de las masacres de los años noventa hubo muchas detenciones, muchos juicios, muchas condenas. El fenómeno mafioso, al menos en su versión militar y asesina, parecía retroceder.

En 1991, en Italia se produjeron casi dos mil asesinatos. En estos últimos años, poco más de trescientos. Una diferencia increíble.

La mayoría de los asesinatos de los noventa fueron, de hecho, asesinatos de la mafia. Hoy en día, las mafias ya casi no matan. ¿Significa eso que ya no existen?

Por supuesto que no. No quiero negar el importante papel de la eficaz represión que se ha llevado a cabo: se ha detenido, juzgado y condenado a muchos asesinos, incluso a grupos mafiosos enteros. Sin duda, es otro de los motivos por los cuales se han reducido los asesinatos.

Pero el tema central es otro: la mafia, y en general los fenómenos criminales, son como virus, como agentes patógenos. Mutan para adaptarse y sobrevivir. Y, de hecho, el virus de la mafia en nuestro país ha mutado. Ya (casi) no mata, sino que infecta de otra manera, más silenciosa e invisible. Se necesita un microscopio para verlo. Espero que disculpen mi tendencia a refugiarme en las metáforas, pero lo que quiero decir es que necesitan ustedes instrumentos sofisticados para detectar la comisión de delitos de los que no tienen ni el más remoto conocimiento.

Exactamente lo mismo se aplica, y con mayor razón, a los delincuentes de guante blanco (que, además, se relacionan a menudo con las mafias). Se han adaptado, son mucho más hábiles a la hora de penetrar de forma invisible en el tejido de las administraciones, la política y los poderes públicos en general, incluido el poder judicial. Y tal vez sea precisamente en esa capacidad de infiltración, también en el poder judicial, donde radica parte del problema.

Bajo su aspecto resplandeciente de metrópoli europea, Milán incuba –lo mismo ahora que entonces– uno de los focos de contagio más peligrosos. Ustedes los fiscales, hoy más que entonces, tienen que ir en busca de indicios delictivos en un sistema muy condicionado por estas nuevas entidades criminales. Si no lo hacen, se condenarán a ustedes mismos –suponiendo que no haya ocurrido ya– a la irrelevancia total.

Hay que saber dónde buscar. Y (disculpen el largo preámbulo) es precisamente en esa cuestión en la que quiero ofrecer mi ayuda.

En el edificio de apartamentos donde vivo (un lugar normal que, como verán, no levanta sospechas) se reúne casi todas las semanas un grupo de hombres poco o nada conocidos, como corresponde a los verdaderamente poderosos. Hay políticos, empresarios, hombres de negocios, altos funcionarios públicos, importantes profesores universitarios e, incluso, magistrados. Se reúnen en un piso de aspecto inocuo, demodé, casi inofensivo: el club estrictamente masculino de los amigos del puro. El objeto del club es –y leo los estatutos– el fomento de la cultura de fumar despacio. Puede ser que haya miembros ignorantes e ingenuos que de verdad quieren compartir su pasión, pero las instalaciones del club, en la tercera planta del edificio, sirven sobre todo a fines mucho menos inofensivos. Las reuniones «especiales» se celebran todos los martes a las 19:00 horas, cuando la sede no está abierta a los socios ordinarios.

La dirección, repito, es la de mi casa; la encontrarán junto a mi firma en esta denuncia.

Puedo decirles que durante las reuniones se deciden los resultados de oposiciones a plazas universitarias, nombramientos de magistrados para cargos importantes, licitaciones públicas, subvenciones e, incluso, el contenido de las leyes regionales y nacionales.

En esencia, tras el falso e inofensivo disfraz de un club de fumadores se esconde una de las logias espurias que mencionaba al principio de mi escrito. No les será difícil averiguar quiénes son los caballeros a los que me refiero. Será suficiente con poner vigilancia en las inmediaciones del portal. Sin embargo, no les resultará tan fácil colocar escuchas ambientales, en el caso de que alguien tenga de verdad ganas de investigar. En realidad, este escrito mío podría haber acabado en

manos de un amigo de la logia, o incluso en manos de uno de sus miembros. Pero si usted, que está leyendo esto, fiscal, no forma parte de esa banda, debe saber que entre los personajes involucrados en este asunto podría haber personas muy cercanas a usted. Tal vez uno de sus superiores.
Si, por el contrario, usted también forma parte de esa banda, en fin... yo seguía teniendo el deber moral de intentarlo. En cualquier caso, y como decía, colocar escuchas ambientales es muy difícil en ese lugar. Cada semana, justo antes de la reunión del martes, una conocida empresa a la que a menudo recurre también la fiscalía lleva a cabo un registro exhaustivo.

La denuncia seguía durante varias páginas más, pero básicamente repetía lo mismo. La habían enviado por correo electrónico; al final había un nombre, un apellido y una dirección. Ni por un momento pensé que esos datos fueran los del verdadero autor del escrito. Un método clásico, aunque aparentemente ingenuo, para que se ponga en marcha una investigación a partir de una denuncia anónima es añadir una firma que parezca creíble. El código establece que los documentos anónimos no pueden utilizarse de ningún modo. No todo el mundo respeta ni observa de forma estricta esta regla, claro; al contrario, a menudo las denuncias anónimas o firmadas solo en apariencia se remiten a la policía judicial para poner en marcha lo que se denomina un estudio indagatorio. En realidad, esa expresión no existe en el código, pero es una práctica tolerada.
El Tribunal de Casación establece que no es posible proceder a registros, incautaciones y colocación de escuchas telefónicas basándose en denuncias anónimas. Sin embargo, los elementos contenidos en las denuncias anónimas pue-

den estimular la iniciativa del fiscal y de la policía judicial con el fin de buscar datos indagatorios para verificar si a partir de la denuncia anónima se pueden obtener detalles útiles para la identificación de una *notitia criminis*.

O, lo que es lo mismo, una manera ambigua de decir: «No puedes investigar basándote en una denuncia anónima porque eso es lo que dice la ley, pero te lo permitimos por el interés superior de la justicia».

Encendí un cigarrillo y mandé hacer una copia de la denuncia para poder tomar notas sin problemas. Había algunas frases extrañas. El texto no era fácilmente clasificable, en el sentido de que costaba imaginar qué tipo de persona podría haberlo escrito. Algunas de las expresiones usadas por el autor hacían pensar en un funcionario público, tal vez incluso en un juez. En varios de los pasajes se percibía un profundo conocimiento, un estilo de escritura y un planteamiento cultural que no se correspondían con la típica persona que escribe denuncias anónimas.

En cuanto al valor del escrito, podía tratarse de una más de las muchas divagaciones en forma de denuncia que llegaban todos los días a los despachos de la fiscalía. Aunque... como divagación, era muy lúcida, estaba muy bien concebida y resultaba muy convincente.

3

Tras la revelación, permanecí en silencio unos segundos, aunque a mí me pareció mucho más tiempo. Marina me dirigió una mirada interrogante y yo negué con la cabeza, como si quisiera deshacerme de la maraña de pensamientos que se abría paso a través de ella.

¿Tenía que dejar claro de inmediato que cuando aún era fiscal me había ocupado, por así decirlo, de su padre? ¿Qué era lo más *correcto*? ¿Debía seguir escuchando las razones por las que había acudido a mí y, después, proporcionarle esa información? ¿Debía interrumpirla y decirle simplemente que no podía (¿no quería?) ocuparme del caso, fuera *cual* fuese?

Como tantas veces en el pasado, opté por no decidir: mejor dejarla hablar y punto. En un primer momento, aunque sin estar del todo segura, me persuadí a mí misma de que eso era lo mejor: esperaría a que terminara y luego, con toda probabilidad, encontraría la manera de escaquearme. Era la decisión más correcta, me dije, pero también una justificación *a posteriori*. A veces sucede que actuamos de una determinada manera y explicamos nuestro comportamiento alegando muy buenas razones. El problema es que esas razones no son las que han determinado la acción, sino las que pretenden legitimarla. Lo mismo sucede con las sentencias: tomas una decisión porque tu instinto te dice que es la correcta (pero el instinto es peligroso cuando se trata de enviar a alguien al talego, y también cuando se trata de absolver a alguien que en realidad merece ser condenado) y solo más tarde encuentras los argumentos racionales. En cualquier caso, a esas alturas quería conocer la historia de Marina y saber qué significaba ese repique de campanas que escuchaba en mi mente.

–¿Conocía a mi padre? –preguntó.

–Solo de nombre.

Lo cual, técnicamente, era la verdad. O una parte de la verdad.

–Tengo que decir que mi padre era un caballero brillante pero maduro cuando conoció a esa chica. *Exmiss* no sé qué, sin oficio ni beneficio. Se casaron seis meses más tarde. La boda se celebró prácticamente en secreto, con muy pocos invitados, en una casa solariega de Apulia. Él tenía casi sesenta y seis años, ella treinta y tres.

–Y en su opinión eso era inapropiado, por no decir vergonzoso.

–Mire, entiendo que mi posición le parezca moralista. Si yo estuviera en su lugar, tal vez también opinaría así, pero creo que no pensaría lo mismo si conociera mi historia personal. Intentemos ver las cosas desde el punto de vista de esa mujer, y no desde el punto de vista de mi padre. Los hombres son criaturas muy básicas, no es extraño que un señor que se acerca a los setenta se enamore de una mujer cuyas únicas virtudes son ser joven y guapa. Incluso es posible que pierda la cabeza por ella. Un intento de detener el tiempo y la decadencia, de alejar la idea de que la vida se acaba. Por otro lado, imagino que se trata de una actitud más frecuente entre los hombres con mucho poder. Y de todos modos es difícil resistirse a un cuerpo bonito, a una piel tersa, a unos pómulos que se mantienen en su sitio... Pero la pregunta es: ¿por qué una mujer joven y hermosa querría casarse con un hombre mucho mayor que ella? Siempre me han dicho que el matrimonio debe basarse en un proyecto común, en una idea de futuro. ¿Qué proyecto común pueden tener dos personas que se encuentran en momentos tan distantes de sus respectivas existencias?

Era un discurso prácticamente irrefutable, así que me limité a asentir.

–He vivido varios años en Estados Unidos. Estoy casada y divorciada. En el último periodo vivía en Miami y trabajaba en una galería de arte. Estaba allí cuando me enteré de la muerte de mi padre. Hice algunas gestiones a toda prisa y volví, pero entre unas cosas y otras tardé varios días. Cuando llegué a Milán ya se había oficiado el funeral y el cuerpo de mi padre ya se había incinerado.

–¿Quién lo había decidido?

–Aquella mujer. Con la excusa de que mi padre siempre decía que eso era lo que quería.

–¿Y no era verdad?

–No lo sé. Nunca hablaba de esas cosas con él. En realidad, nunca hablaba mucho con él y en los últimos años nada de nada. Dicho lo cual, no me parece improbable que pidiera ser incinerado. La cuestión, para mí, es otra.

–¿Cuál?

–Las prisas con las que se hizo todo.

–¿Por qué prisas? Una vez celebrado el funeral, si hay que incinerar el cuerpo se hace y punto, no es que haya un tiempo de espera... a menos, claro, que el crematorio esté saturado.

Antes de responder se aclaró la garganta.

–Estoy convencida de que mi padre no murió de muerte natural. Estoy convencida de que lo asesinaron. Y estoy convencida de que, de un modo u otro, esa mujer tuvo algo que ver.

Por el cariz que estaban tomando los acontecimientos, me esperaba una declaración así, pero no pude evitar que se me tensara el cuerpo.

–Esa es una sospecha muy grave.

–Lo sé. En realidad lo sospeché desde el principio, pero me di cuenta de que era una cosa grave y creí que era mejor no decir nada. Es más, intenté desterrar ese pensamiento. Pero luego pasaron cosas que me hicieron reflexionar.

–¿Por ejemplo?

–Puse en perspectiva una serie de hechos. ¿Cómo lo llaman en las novelas policíacas? ¿Dos coincidencias son una pista y tres coincidencias son una prueba?

–¿A qué coincidencias se refiere?

–Justo el día antes del hallazgo del cadáver de mi padre, su mujer se marcha, procurándose así una coartada. Luego, se apresura a incinerar el cuerpo, como si quisiera evitar la posibilidad de una autopsia. Y pocos días después se hace público el testamento de mi padre, según el cual le deja a su joven esposa la mayor parte de sus posesiones.

–Pero usted es la hija, no puede haber sido excluida.

–No, por supuesto. Se hizo todo con mucho esmero. Aparte de esa mujer, yo soy la única heredera legítima. Heredé dos pisos, valores y dinero en efectivo. Pero eso no era más que una fracción mínima del patrimonio de mi padre.

No hacía falta ser muy lista para pensar que si dos pisos, valores y dinero en efectivo eran una fracción mínima del patrimonio, en fin, el patrimonio debía de ser considerable.

–Hablamos de una quincena de propiedades de diversos tipos; acciones, fondos, cajas de seguridad, pinturas originales, algunas de ellas muy valiosas. Para que se haga una idea así por encima: se estima que el valor total del patrimonio es de unos treinta millones de euros.

–Treinta millones.

–Probablemente más.

–Supongo que impugnó el testamento.

–Sí.

–Me ha dicho que la muerte de su padre se produjo hace casi dos años y que el testamento se hizo público apenas unos días más tarde. Aparte del hecho de que las tres coincidencias que usted menciona, con el permiso de Agatha Christie, no prueban nada, ¿por qué motivo acude a mí después de tanto tiempo? ¿Se abrió una causa penal por la muerte de su padre? ¿Intervinieron los *carabinieri* o la policía?

–No hubo ninguna investigación.

–Vamos a ver: la asistenta llegó a casa y encontró a su padre muerto. ¿Qué hizo?

–No estoy del todo segura. Lo que está claro es que llamó por teléfono al médico de mi padre, que también era un viejo amigo. Cuando llegó... ¿Cómo se dice?

–¿Constató la defunción?

–Sí, constató la defunción. Él mismo rellenó el certificado.

–¿Y no expresó dudas de que la muerte tal vez se debiera a causas no naturales?

–Creo que no.

–¿Conoce usted a ese médico?

–Sí, desde que era niña. Como le he dicho, era un viejo amigo de mi padre, se conocían del colegio.

–¿Habló usted con él? Después de volver a Italia, me refiero.

–Sí.

–¿Y le preguntó cuál era la causa de la muerte?

–Sí. Según él, era casi seguro que la noche anterior había

sufrido un ataque al corazón. No se sentía bien, se tumbó en la cama, y allí lo sorprendió la parada cardiaca.

La observé en silencio, pero mi expresión decía: «¿Y?».

–Le dije que mi padre era médico, que sin duda habría reconocido los síntomas de un infarto. ¿Por qué, entonces, no había llamado a nadie?

–¿Y él qué dijo?

–Respondió que hay infartos fulminantes, que por mucho que uno reconozca los síntomas, cuando eso ocurre apenas da tiempo de coger el teléfono...

Noté un zumbido en la cabeza, algo que amortiguaba el ruido y la conciencia, que desencadenaba recuerdos y se convertía en pura consternación. La voz de la mujer se volvió remota durante unos momentos, luego regresó con nitidez.

–... aunque probablemente no fue el caso de mi padre. Lo encontraron en la cama, de modo que se había tumbado él, mientras que en el caso de los infartos fulminantes la persona suele aparecer en una posición cualquiera, a menudo desplomada en el suelo. Lo que ocurre con más frecuencia de la que podría creerse, añadió el doctor, es que alguien, incluso un profesional, tenga síntomas equívocos y tienda a excluir la peor hipótesis. No puede ser que me esté pasando a mí, es una molestia insignificante. Una estrategia inconsciente para ahuyentar el miedo a la muerte. Muchas personas se salvarían de un infarto o de un ictus si no se produjera un retraso en la atención médica debido, precisamente, a este mecanismo de represión. Eso me dijo.

–Me parece un argumento sensato... pero no entiendo en qué se basa usted para suponer que la muerte de su padre se debió a causas no naturales. El médico que constató la defunción, que además era amigo de la familia, no vio nada sospechoso, nada que lo indujese a hacer más comprobaciones. Imagino que en el piso no se hallaron indicios de que alguien hubiera forzado la entrada, ni objetos visiblemente fuera de lugar o cosas así, porque me lo habría dicho.

–Entiendo que esté perpleja, pero déjeme terminar el relato.

Asentí, tratando de contener mi impaciencia.

–Pocos días después de mi llegada a Italia el notario nos citó a mí y a la esposa de mi padre para la lectura del testamento.

–¿Qué tipo de testamento era?

–¿Cómo dice?

–¿Era un testamento ológrafo o un testamento firmado ante notario?

–El testamento lo tenía un notario, sí.

–De acuerdo, pero ¿se redactó delante de él o lo escribió su padre por su cuenta?

–Ah, entiendo. Mi padre lo escribió y luego lo depositó.

–¿Recuerda si estaba sellado?

–Sí, estaba en un sobre cerrado. El notario habló de un testamento secreto.

El testamento secreto se define como un testamento escrito de puño y letra (o mecanografiado, pero firmado hoja por hoja) del testador, que se sella y entrega a un notario en presencia de testigos. Como fiscal, nunca me había ocupado de cuestiones relacionadas con el derecho de sucesiones ni tampoco el derecho civil. Siempre había sido fiscal, pero aun así recordaba casi todo lo que había estudiado en la universidad y al presentarme a las oposiciones. En según qué circunstancias, es una suerte. En las mías, era una especie de maldición.

–En resumen, que el notario leyó el testamento y así fue como descubrí que la mayor parte del patrimonio iba a parar a manos de esa mujer.

–¿Y cómo reaccionó?

–Dije que iría a un bufete de abogados, y eso es lo que hice. Impugnamos el testamento por incumplimiento de la legítima. El abogado dice que no será una causa fácil, porque las causas en las que hay que hacer estimaciones nunca lo son. Entre otras cosas, en el testamento se declara expresamente que el valor de los bienes destinados a mí correspondería a la parte legítima, y también se incluye una estimación económica del valor total del patrimonio. Es incorrecta, pero ciertamente no simplifica las cosas. La razón por la que mis sospechas se intensificaron y decidí acudir a usted, sin embargo, es otra. Hace unas semanas me llamó el notario y me preguntó si podía hablar conmigo, en persona, sobre un asunto delicado. Cuando fui a verlo, lo primero que me dijo fue que llevaba mucho tiempo dudando acerca de si debía contarme o no cierto episodio; era probable que se tratara de algo sin importancia, un detalle que muy probablemente no tendría ningún efecto aparte de despertar sospechas. Resumiendo, que el hombre eludía la cuestión y no iba directo al grano, hasta que me impacienté.

–¿Y entonces?

–Me dijo que unas semanas antes de su muerte mi padre había ido a verlo y le había dicho que quería cambiar su testamento. Se lo había pensado mejor y quería distribuir la herencia de forma diferente, incluir a mi madre, a pesar de que estaban divorciados, y dejar una cantidad a alguna entidad benéfica o fundación. Acordaron volver a reunirse en breve y redactar juntos el nuevo testamento.

–Pero entonces murió...

–Pero entonces murió y no pudo hacer lo que había dicho que quería hacer.

–¿La esposa de su padre conocía esas intenciones?

–Estoy segura de que sí.

−¿Por qué?

−¿No le parece todo muy extraño? Un hombre decide cambiar su testamento. Esa decisión beneficiará a algunas personas, pero a otras les supondrá unas pérdidas considerables. Y, qué casualidad, poco después de haber expresado tales intenciones, el hombre muere repentinamente y en circunstancias poco claras, a pesar de gozar de excelente salud.

Evité señalarle que su discurso no terminaba de funcionar. Podría haber sospechado de la esposa de su padre en presencia de un hecho cierto, a saber, que ella estuviera enterada de su deseo de modificar el testamento de un modo que la perjudicaba. En ausencia de tal dato, el razonamiento adoptaba una forma circular y lógicamente inadmisible: mi padre había decidido cambiar su testamento; unas semanas después murió; por lo tanto ella lo sabía y por eso lo mató. En la práctica, el hecho que había que probar se utilizaba como prueba.

De vez en cuando aún juego con la lógica. En mi anterior vida se me daba bastante bien, ahora no es más que una regurgitación con un regusto ligeramente acre y melancólico. Algo triste y mecánico.

−Veamos, que esa mujer conocía las intenciones de su padre solo es una conjetura. Verosímil, pero conjetura al fin y al cabo. Volvamos al notario: ¿qué le dijo usted?

−Le pregunté por qué no me lo había contado antes.

−¿Y qué dijo?

−Que tenía un problema de conciencia. Me contó que las cosas que mi padre había dicho durante aquella conversación no influían en el testamento actual, que si no había nada por escrito cualquier disposición distinta carecía de valor. En resumen, que tenía miedo de alarmarme sin ninguna perspectiva práctica.

Las disposiciones de última voluntad solo son válidas en las formas previstas por la ley: testamento público, testamento ológrafo o testamento secreto. Si el testador las manifiesta oralmente, se denomina testamento nuncupativo, lo cual significa nulo. Y en aquel caso concreto ni siquiera estábamos en presencia de un testamento oral.

–Según las palabras del notario, su padre solo manifestó su intención de cambiar el testamento, pero no indicó específicamente qué nuevas disposiciones deseaba adoptar. ¿Es correcto?

–Así es. ¿No le parece todo muy extraño?

De hecho, aparte de los fallos lógicos del razonamiento, era comprensible cierta perplejidad. Sin embargo, aquella mujer me pareció demasiado entusiasmada y no quise seguirle la corriente; me limité a asentir con una expresión neutra.

–Cuando mantuvo esta conversación con el notario, la causa para impugnar el testamento ya estaba en marcha, ¿no?

–Sí. De hecho, fui inmediatamente a hablar con mi abogado sobre el tema. Se quedó muy sorprendido por la información, pero me confirmó que no podíamos utilizarla en el caso. Que es más o menos lo mismo que me han dicho usted y el notario: la intención de modificar un testamento ya redactado y debidamente depositado es irrelevante. Aunque mi padre hubiera sido más preciso sobre los cambios que quería introducir, se habría tratado de una declaración nula.

–¿Le comunicó usted sus sospechas?

–Sí. Ese nuevo elemento cambiaba el panorama.

–¿Y él qué dijo?

–Que con sospechas no íbamos a ninguna parte y me aconsejó que procurara no airearlas. En el caso de que surgieran elementos concretos contra esa mujer, podríamos haber planteado una causa de indignidad para excluirla de la sucesión; de lo contrario nos arriesgábamos a una demanda por calumnias.

—Demos un paso atrás. Cuando su padre fue al notario y expresó su intención de cambiar el testamento, ¿explicó los motivos que lo habían llevado a tomar esa decisión?

—Se lo había pensado bien y le parecía más justo que mi madre recibiera una parte de la herencia y que se destinara dinero a entidades benéficas o a buenas causas.

—¿Pero no hizo alusión alguna al motivo que se hallaba tras esa decisión? ¿Diferencias con su mujer, un problema de salud?

—No, según el notario.

—¿Tenía prisa por agilizar el tema?

—El notario solo me dijo lo que ya le he contado. Y antes de despedirse de mí me repitió que había dudado durante mucho tiempo acerca de si debía o no hablarme del asunto, pues estaba convencido de que la información no tenía valor procesal. Finalmente, sin embargo, había llegado a la conclusión de que yo debía saberlo.

—Pero ¿se manifestó dispuesto a mencionar el tema durante un juicio? Me refiero al juicio civil de impugnación del testamento.

—No hablamos de esa cuestión, pero creo que, si fuera necesario, si se diera esa circunstancia, aceptaría testificar.

Encendí un cigarrillo después de comprobar cuántos me quedaban aún en el paquete. Me había impuesto la regla de no fumar más de diez al día y, para evitar engañarme a mí misma, cada mañana llenaba un paquete de manera que contuviera el número exacto. Yo iba por el cuarto, así que, para ser ya media tarde, no estaba del todo mal. No me planteaba dejar de fumar: la idea me transmitía una sensación de luto intolerable, habría significado saldar cuentas definitivamente con la primera parte de mi vida.

–¿Le importaría darme uno? –me sorprendió Marina.

–Por supuesto –respondí, mientras le acercaba el paquete y pensaba que eso me daba derecho a reponer mi ración diaria–. No me parecía una fumadora –comenté tras pasarle el encendedor.

–Usted tampoco. La verdad es que lo había dejado, porque fumar en Estados Unidos es realmente complicado. Desde que he vuelto a Italia me fumo algún que otro cigarrillo, si encuentro a alguien a quien robárselo.

–Permítame que recapitule. Usted cree que la viuda de su padre se enteró de la intención de este de cambiar el testamento y que, de alguna manera, lo mató antes de que la intención se materializara. Esa idea surge de una conjetura basada en lo que le dijo el notario; de la circunstancia, sospechosa para usted, de que la esposa no estuviera en casa cuando se produjo el fallecimiento; del hecho de que la rápida cremación imposibilitó una posterior autopsia. ¿Es correcto? ¿No hay otros elementos?

–No hay otros elementos. Es decir: yo no tengo otros elementos. Y por eso quiero contratarla a usted para que los encuentre.

–Ha dicho que fue la asistenta quien encontró el cuerpo.

–Sí.

–¿Cómo es que avisó al médico de la familia? ¿Lo conocía, tenía el número?

–Sí, no sé si ella también era su paciente, pero lo conocía. Vio a mi padre en la cama y llamó al médico, presa del pánico.

–¿Y no llamó a la esposa de su padre?

La mujer se quedó callada unos instantes, como si le causara perplejidad no haberse hecho nunca esa pregunta y, por lo tanto, no conocer la respuesta.

–Pues la verdad es que no lo sé –respondió al fin.

Tomé nota mental de la cuestión. Como la mayoría de los detalles, era posible que careciera de valor, pero el trabajo del investigador en la primera etapa, cuando no se sabe nada y ni siquiera se tiene una hipótesis, por vaga que sea, consiste en recogerlo todo y guardarlo –objetos materiales, rastros, frases y conjeturas– con la esperanza de que alguna de esas cosas sirva para sugerir una idea o confirmar una corazonada o una pista. Una tarea tediosa y, sin embargo, indispensable. Porque a veces es precisamente el detalle más irrelevante el que se convierte en decisivo.

–¿Sabemos quién fue la última persona que vio a su padre con vida?

Una vez más parecía sorprendida de no haberse formulado a sí misma una pregunta tan obvia.

–Probablemente alguien de la clínica, habría que preguntarles a ellos. Su mujer se había marchado el día anterior, así que no creo que fuera ella.

–Cuénteme algo sobre ella.

–Una aprovechada. Había salido en algún programa televisivo de segunda fila, pero siempre tenía algún hombre que la mantenía y, al parecer, había encontrado a uno dispuesto a mantenerla para siempre.

–¿Cómo se conocieron? ¿Cómo empezó su historia?

–No lo sé. Nunca le pregunté a mi padre, no era el tipo de historia que quería oír. ¿Acepta el caso?

–¿Sabe que no tengo licencia de investigadora privada?

–¿Y eso qué significa?

–Significa que no podré documentar mi trabajo y que lo

que descubra, si descubro algo, no podrá incluirse·en el expediente de investigación defensiva. También significa que no puedo emitirle una factura y tal.

—No me interesa la factura. Lo que me interesa es saber si esa mujer tiene algo que ver con la muerte de mi padre.

—Le voy a ser sincera: tengo mis dudas respecto a esa posibilidad. Hay cosas que ocurren a menudo en las novelas y en las películas, pero raramente en la vida real.

—Pero ¿acepta?

—Deme un día para pensarlo. La llamaré.

4

Me despedí de Diego, que seguía bastante abatido, y me fui a casa con un torbellino descontrolado de pensamientos y preguntas en la cabeza. ¿Cómo había podido darse una coincidencia así? ¿Por qué el destino me ofrecía esta absurda oportunidad? ¿Cuál era la forma correcta de proceder? No, mejor dicho: ¿cuál era el paso más inteligente –no digo sabio– que podía dar?

Obviamente rechazar el caso inmediatamente y sin muchas explicaciones. Era la única opción sensata. Algunas puertas deben dejarse cerradas para siempre, porque lo que se oculta tras ellas ya ha causado suficientes daños. Tenía que llamar a Marina Leonardi, decirle que lo había estado pensando, que estaba convencida de que no había ningún punto de partida para una investigación, que no me parecía bien aceptar su dinero por un trabajo que sin duda no produciría resultados. Fin.

Pero al tratarse de una opción sensata, enseguida me pareció impracticable.

Se me había presentado una oportunidad única de terminar un trabajo que había dejado a medias. Nadie me iba a devolver mi vida anterior, pero podría saldar algunas de las cuentas pendientes. Caminé sin fijarme en las personas que pasaban junto a mí mientras me repetía una y otra vez esa misma frase sobre saldar las cuentas pendientes. Cuáles eran exactamente esas cuentas pendientes no quedaba nada claro, pero en aquel momento de euforia no estaba para muchas sutilezas.

Por incongruente que parezca, mientras me enfrentaba al dilema recordé mi encuentro del domingo con el tipo del perro. Ni siquiera conocía su nombre. A saber cómo se ganaba la vida. Un trabajo normal, probablemente, con un horario y un sueldo, ya que al parque solo venía los fines de semana. Me habría gustado hablar con él sobre lo que me estaba pasando, pedirle consejo. Era completamente absurdo, por supuesto, pero cuando una se siente muy sola piensa cosas raras.

Llegué al supermercado ecológico de al lado de casa e hice una compra desproporcionada. La nevera y la despensa estaban vacías, pero eso no justificaba la cantidad de cosas, en su mayoría inútiles, que deposité en la caja.

Al entrar en casa encontré a Olivia esperándome en la puerta. No era la hora del paseo, pero ella siempre lo intenta. Meneó la cola, esperanzada, y señaló con el hocico la correa, que colgaba de la válvula del radiador.

–Luego, colega. Tengo que pensar.

Una frase especialmente absurda, ya que pensar y caminar nunca han sido actividades incompatibles.

Ella volvió a su camita y yo preparé una ensalada que parecía sacada del libro de cocina *Qué comer para vivir cien años*: aguacate, semillas de chía, anacardos, salmón, espinacas, tomates *cherry* y rúcula. Para compensar el excesivo efecto benéfico de la comida, abrí una botella de Malbec, me bebí la mitad y, después de comer, encendí un cigarrillo.

Fumar es malo para la salud: es un hecho evidente que no tengo intención de discutir. Pero la nicotina ayuda a liberar dopamina, por lo que genera una sensación de bienestar y ayuda a pensar con más lucidez. O al menos eso me gusta creer.

Mientras fumaba el cigarrillo y bebía vino me di cuenta de una verdad elemental. Si no aceptaba el encargo, me atormentaría durante mucho tiempo y no dejaría de pensar en esa oportunidad perdida de volver a unir los hilos suspendidos de mi pasado.

Eso me sirvió para zanjar la discusión interior: ya tenía suficientes reproches como para añadir otro, y encima de ese tipo, de esas proporciones.

Le dije a Olivia que ya podíamos salir, pero el paseo solo era un ritual. La decisión ya estaba tomada.

A la vuelta llamé a Marina Leonardi y le dije que aceptaba. Probablemente se quedó asombrada de que mi respuesta fuera tan rápida, ya que le había pedido un día para pensarlo, pero no hizo preguntas ni comentarios.

–Para empezar, necesito una copia del expediente del caso de impugnación del testamento y los datos de contacto de las personas que puedan facilitar información sobre lo ocurrido. Si a usted le parece bien, nos vemos mañana en el mismo bar a las diez en punto.

–De acuerdo. Necesito saber el importe del adelanto.

Le solté la primera cifra que me vino a la mente:

–Tres mil.

En mi trabajo no existe una lista de precios y mis honorarios se establecen a ojo, por así decirlo. Por no hablar de que, especialmente en este caso, la remuneración tenía poca o ninguna importancia.

–En efectivo, supongo.

–En efectivo, gracias. Hasta mañana.

5

Marina Leonardi llegaba tarde. Pensé que había cambiado de opinión, que no tardaría en llamarme para decírmelo, y sentí algo parecido al alivio. Como me sucedía siempre ante las dudas que no quería afrontar y que se resolvían gracias a la intervención de los demás, a un acontecimiento externo.

–Lo siento, me he retrasado –se disculpó mientras dejaba sobre la mesa una carpeta y un sobre amarillo bastante abultado.

Permaneció de pie.

–Siéntese –dije, notando un tono extraño en la voz.

–El dinero está en el sobre. Creo que está todo, pero cuéntelo por si acaso.

Dejé el sobre donde estaba.

–No es necesario. ¿La carpeta contiene los documentos del caso?

–Sí. Y una lista de las personas con las que quería hablar, además de otras que se me han ocurrido y que podrían ser útiles. Cuando a usted le parezca bien, las llamo y las aviso de que se pondrá en contacto con ellas.

Eché un vistazo al papel. Marina debía de ser una persona precisa y quizás un poco obsesiva. La lista estaba hecha con ordenador, perfectamente alineada y formateada. Cada persona tenía número de teléfono, dirección y una breve nota explicativa.

–Faltan los datos de la viuda de su padre.

–No creía que los necesitara.

–Sería útil saber al menos cómo se llama y dónde vive.

–Tiene razón, se llama Lisa Sereni. –Escribió el nombre en la parte inferior de la página y añadió la dirección. Luego consultó la agenda de su teléfono móvil y anotó el número de teléfono. Me devolvió el papel y dudó un momento–. No irá a llamarla, ¿verdad?

–Antes de que acepte su dinero, conviene que aclaremos un punto. Si averiguo algo se lo diré, pero no necesariamente debo decirle cómo lo he averiguado. Por otro lado, no tengo intención de decirle antes cómo pienso proceder. Haré lo que crea conveniente y, repito, dadas las premisas dudo que consigamos algo útil para sus propósitos. En resumen, que o confía en mí o no confía. Si estas condiciones no le interesan, aún está a tiempo de no encargarme el trabajo. Hemos mantenido un par de conversaciones y ya está.

–El abogado tenía razón.

–¿Sobre qué?

–Dijo que, por lo que él sabía, tiene usted bastante facilidad para cabrearse.

Estuve a punto de responder que no estaba cabreada y que más le valía no verme nunca cabreada. Por suerte, me di cuenta de lo ridícula que sonaba la frase –que, además, confirmaba lo que ella acababa de decir– y logré contenerme con un largo suspiro.

–Pero estoy de acuerdo –concluyó–, hagámoslo a su manera.

–Muy bien. ¿Puede decirme algo sobre las costumbres de su padre? Si salía de noche, con quién se relacionaba, si pertenecía a algún club o asociación en plan Rotary o similares. ¿Hacía deporte? ¿Había tenido algún problema de salud en los últimos años?

–No. No sé nada de la vida que llevaba ni con quién salía. No lo sabía antes de que se casara con esa mujer, y mucho menos después. Apenas hablábamos, nos felicitábamos las fiestas y poco más. Ciertamente trabajaba mucho, operaba tanto en la clínica universitaria como en clínicas privadas. Dudo que tuviera mucho tiempo libre. En otros tiempos jugaba al tenis. No me lo imagino yendo al gimnasio o cosas así.

–¿Y la viuda de su padre? ¿Trabaja?

–Diría que eso podemos descartarlo. No creo que haya tenido nunca una ocupación real, y ciertamente desde que se casó con mi padre él siempre la mantuvo.

–¿Le consta que tenga alguna relación, o tal vez que ya la tuviera mientras su padre aún vivía?

–No me sorprendería, pero no lo sé.

–¿Tuvo usted acceso a la casa de su padre después de que muriera?

–No. Era su casa, donde se fueron a vivir después de casarse. Es la dirección que le he escrito.

–¿Ha estado usted alguna vez allí?

–No.

–¿Se vieron alguna vez después de la boda? Me refiero a usted y su padre.

–Sí, solo habían pasado unos meses. Yo había venido a Italia para ver a mi madre, pues llevaba mucho tiempo fuera. Lo llamé para saludarlo y me invitó a cenar a su casa. Para que conociera a su mujer.

–Pero declinó la invitación.

–Le contesté que quizá no fuera buena idea. Fuimos a comer a un restaurante los dos solos.

Se interrumpió bruscamente, como si la hubiera asaltado un pensamiento inesperado.

–Esa fue la última vez que nos vimos. Qué raro, no lo había pensado hasta ahora.

Parecía turbada. La verdad emocional de la muerte de su padre había aparecido de forma inesperada en el horizonte de la conciencia. Le di el tiempo necesario para procesar esa constatación mientras yo intentaba razonar como investigadora. Aun en el caso de que las sospechas de Marina tuvieran una mínima base, se trataba de una investigación casi imposible. Para la policía y las autoridades judiciales, no solo para una investigadora irregular. El cuerpo había desaparecido; no había testigos, todos los documentos y objetos pertenecientes a la presunta víctima habían estado a disposición de la persona, por así decirlo, sospechosa. Interrumpí mi deriva mental. El método de investigación tiene como premisa un concepto sencillo: no sabes lo que va a pasar, no sabes lo que aparecerá. Nunca. Te pones a buscar, haces preguntas, conoces a personas; a veces no pasa nada y acabas en el callejón sin salida que imaginabas. Otras veces, ya sea por casualidad, por suerte o por habilidad (distinguir estas entidades es muy difícil, y yo no lo he conseguido nunca), tropiezas con algo que te lleva a otra cosa y luego a otra cosa.

–Ni siquiera recuerdo de qué hablamos en aquella ocasión –prosiguió–. Solo quería que terminara para poder marcharme. ¿Quiere saber algo extraño? Ahora, y me refiero a este preciso instante, al momento en que ha surgido el tema, he experimentado un sentimiento de culpa.

–¿Hacia su padre?

–Sí.

Le di unos segundos más y luego insistí:

–¿De verdad no recuerda nada de esa comida? ¿Su padre no le contó nada sobre su mujer ni sobre su nueva vida?

Negó con la cabeza.

–No. Puede que tratara de sacar el tema, pero captó mi cerrazón, mi hostilidad, y no continuó.

–Entonces, ¿de dónde ha sacado todo lo que sabe sobre esa mujer?

–Mi madre me habló de ella e investigué un poco en internet.

–¿Sabe de alguien que tuviera algo en contra de su padre?

–Algunas personas lo odiaban, eso es evidente. Era un hombre que perseguía sus objetivos sin preocuparse demasiado por los demás o, mejor dicho, sin preocuparse en absoluto por los demás. Pero no creo que eso tenga nada que ver con la posibilidad de que su mujer sea la responsable de su muerte.

Hice caso omiso de la aclaración, que por lo demás era correcta desde un punto de vista lógico: no me contrataba para comprobar si «alguien» había asesinado a su padre. Me contrataba para encontrar pruebas de que su padre había sido asesinado por encargo de la esposa y que el motivo del supuesto crimen tenía que ver con la herencia.

–¿Algo que decir sobre anteriores compañeros o novios de la esposa?

–No.

–De acuerdo. Por favor, avise hoy mismo al notario, a la asistenta y al médico que constató la defunción de que los llamaré para concertar una entrevista. Pídales que cooperen. En cuanto a los demás, ya veremos más adelante si es necesario hablar con ellos.

–De acuerdo. Si averigua algo, ¿me llamará?

–Si averiguo algo relevante, la llamaré de inmediato. En caso contrario, contactaré con usted a finales de semana para ponerla al día.

Al terminar de pronunciar esa frase noté una punzada de inquietud: estaba aceptando el dinero de aquella mujer para pagar una persecución tardía de mis fantasmas, con la certeza casi absoluta de que no podría ofrecerle lo que ella buscaba.

La acompañé hasta la salida del bar. Nos estrechamos la mano y la observé mientras se alejaba. Se había levantado un viento frío y fuerte, desacostumbrado en Milán; traté de averiguar desde qué dirección soplaba, pero no pude. Ese viento me recordó algo que no conseguía recordar. Entonces me vino a la mente la palabra «presagio» e inmediatamente detuve el flujo de mis pensamientos. Son material peligroso, he aprendido a vigilarlos.

Cinco años antes

Me dediqué a quitarme de encima algunos expedientes que llevaban varios días esperando, preparé algunas listas de testigos, redacté algunas órdenes de investigación para procedimientos rutinarios y cogí de nuevo el modelo 45 sobre los amigos del puro. Si aquella denuncia tenía alguna base de verdad, no debía cometer el error de delegar las primeras comprobaciones en las personas equivocadas.

El cuadro descrito permitía suponer, en primer lugar, una violación de la ley Anselmi, aprobada tras el escándalo de la logia masónica Propaganda 2, más conocida como P2, y de su (por así decirlo) venerable maestro Licio Gelli.

Según esta ley, se consideran asociaciones secretas –prohibidas por el artículo 18 de la Constitución–, las que, ocultando su existencia o los nombres de sus miembros, llevan a cabo actividades destinadas a interferir en el ejercicio de las funciones de los órganos constitucionales, las administraciones públicas, los entes públicos (incluidos los económicos) y los servicios públicos esenciales de interés nacional.

Quien promueva o dirija una asociación secreta o lleve a cabo actividades de proselitismo a favor de dicha asociación será castigado con penas de prisión de uno a cinco años.

Quien participe en una asociación secreta será castigado con penas de prisión de hasta dos años.

Releí algunos pasajes y finalmente decidí que delegaría

en la DIGOS, la Dirección de Investigaciones Generales y Operaciones Especiales.

El director era un funcionario bastante joven, inteligente, simpático y muy poco policial. Se llamaba Calvino y no puedo excluir que mi disposición favorable hacia él se viera influida también por ese apellido. Ya le había confiado algunas investigaciones y me había parecido un hombre fiable que se alejaba de ciertos esquemas, del riesgo de implicarse en exceso. No hace falta decir que se trataba de una sensación muy poco respaldada por los hechos. Basándome en lo que sabía de él (es decir, casi nada, aparte del hecho de que, como ya he dicho, era inteligente y simpático), podría haber sido perfectamente un miembro de la logia en cuestión. Pero así es como trabajamos: decidimos cosas fundamentales sobre la base de débiles intuiciones, simpatías, antipatías, prejuicios (positivos y negativos) más o menos inconscientes.

Lo llamé y le pedí que viniera a verme al día siguiente con un viejo inspector llamado Capone, a quien conocía desde hacía años y de quien me fiaba, en este caso con alguna que otra razón más fundada.

Emití una orden de investigación muy sintética en la que pedía que se identificara al autor de la denuncia y se comprobara si se correspondía con el nombre del firmante, y solicité que compareciera para ciertas aclaraciones y análisis detallados. Jerga.

Cuando se presentaron y les expliqué de qué iba el asunto, ambos me dijeron lo que yo ya había pensado: seguro que la firma era falsa y el autor de la denuncia –o, más bien, del anónimo– era otra persona.

–Sí –asentí–, puede que solo se trate de desvaríos, pero llevemos el tema con discreción, en el caso remoto de que tenga algún fundamento.

–De acuerdo –asintió Calvino–. Mientras tanto, comprobaremos si existe alguien que se corresponda con la firma. La informaré cuando terminemos.

Dos días después me volvió a llamar: en el edificio vivía, efectivamente, un señor cuyo nombre correspondía al que figuraba en el correo electrónico. Tras citarlo a declarar, el hombre negó por activa y por pasiva que hubiera escrito jamás esa denuncia. En el edificio, sin embargo, tenía su sede el club del puro que mencionaba el autor –ahora definitivamente anónimo– de la denuncia.

Decidimos entonces organizar una vigilancia para el martes siguiente, con el propósito de verificar si la historia de la presunta logia era una invención o no.

La vigilancia, como suele decirse, fue un éxito: unos cuantos minutos antes de las siete de la tarde empezó un desfile de coches negros de gran cilindrada. Se detenían delante de la dirección, dejaban a sus pasajeros –todos varones, adultos o ancianos, con traje y corbata– y se marchaban. La reunión terminó unas dos horas después, momento en el que volvieron los coches para recoger a sus pasajeros y desaparecer, uno tras otro, en la noche.

6

Me sorprendió verlo allí entre semana. Me saludó con la mano, se sentó, sacó su libro y su cuaderno, y empezó a leer.

Cuando terminé el entrenamiento, no supe muy bien qué hacer. Para volver a mi casa tenía que ir en dirección opuesta al banco. Me lo pensé unos segundos, me puse nerviosa por mi torpeza y me acerqué.

–¿Qué lee?

Me enseñó la cubierta –amarilla– y el título: *La naturaleza del prejuicio.*

–Un clásico de la psicología.

–¿Es usted psicólogo?

–No, soy maestro de primaria. Hoy en día tratar con niños de todos los colores y padres de todo tipo te obliga a detenerte en ciertas cosas.

–¿Hoy no tiene clases?

–Los niños están en el Museo de la Ciencia con mis compañeras.

Intenté recordar si alguna vez había conocido a alguien que hiciera ese trabajo. Me refiero a alguien de género masculino.

–No es frecuente que un hombre sea maestro.

Sonrió.

–No, no es frecuente. Somos menos del uno por ciento del total.

Por un momento pensé que iba a preguntarme a qué me dedicaba yo. Pregunta que, por decirlo suavemente, prefiero no contestar. Sobre todo porque ni yo misma sé muy bien qué hago. Sin embargo, no me preguntó nada.

–Olivia es una auténtica preciosidad. Debe de tener tres años y medio, cuatro como máximo.

–Sí, tiene cuatro años.

–¿Quiere acomodarse en mi banco?

Era una frase un poco rara, pero la pronunció muy serio, como si el banco fuera realmente suyo.

–Gracias. ¿Le importa que encienda un cigarrillo?

–No. Aunque es un poco raro que alguien fume justo después de hacer deporte.

Encendí el cigarrillo. Olivia se acurrucó entre nosotros.

–No vengo a hacer ejercicio por motivos de salud.

–Ah. Pues se le da muy bien. Hace unos ejercicios realmente extraordinarios para una mujer.

–Lo que hizo usted la última vez, cuando separó a los dos perros, sí que fue extraordinario.

–Hay una técnica, no es muy difícil de aprender. Pero lo más importante es la actitud psicológica. Hay que respetar al perro y el peligro que representa en ese momento, sin tenerle miedo.

–Siempre he tenido una relación poco equilibrada con el peligro.

Asintió con expresión cordial, sin sorprenderse, como si yo hubiera hecho un comentario sobre el tiempo.

–¿Le apetece ir a merendar?

–¿A merendar?

–Sí, conozco un local no muy lejos de aquí. Es de unos amigos míos. Se llama, precisamente, La hora de la merienda. Solo abre por la tarde, de tres a siete. Acompáñeme, es un sitio divertido.

–¿Puedo llevar a Olivia?

–Sí, claro. Aceptan perros. Y, además, Olivia es buenísima.

–Vale, pues vamos a merendar.

Caminamos unos diez minutos hasta un sitio en el que nunca me había fijado, cerca de la estación de metro de Palestro. La idea, me explicó, era reproducir el ritual de la merienda de muchos años atrás. Para los que vivieron aquella época y para los niños de hoy. Cuando entramos, sonaba de fondo el tema inicial de *Días felices*, por lo que el subidón de nostalgia llegó de forma clara e inevitable.

Había niños, por supuesto, pero también bastantes adultos –algunos *decididamente* adultos– que parecían estar disfrutando de un regreso al pasado de un cuarto de hora. La carta, con un diseño *vintage*, ofrecía pan y mermelada, pan y Nutella, bizcochos rellenos al momento con una gran variedad de cremas, galletas de la abuela, vasos de leche, chocolate caliente en tazas azul claro.

La chica escultural que servía las mesas nos saludó y nos señaló una mesa vacía, a la que fuimos a sentarnos.

–¿Conoces este sitio porque traes aquí a los niños del colegio? –dije.

Apenas un segundo después me di cuenta de que lo había tuteado y, también, de que la pregunta era absurda.

–Me gustan los niños, pero el tiempo que paso con ellos en clase es más que suficiente. Después de tantas horas, uno siente la necesidad de desconectar. Lo cual tampoco es que sea muy original, por otro lado: podría aplicarse a cualquier trabajo. Por cierto, me llamo Alessandro.

–Penelope –respondí, preguntándome si debía estrecharle la mano para hacer oficial la presentación. «Mejor no», me dije. Mejor evitar otro gesto torpe–. He empezado a tutearte...

–Buena idea. En realidad, tratarse de usted mientras se come pan y Nutella sonaría un poco estrafalario.

«Estrafalario». ¿Cuándo había escuchado esa palabra por última vez? ¿Y quién era la última persona a la que se la había oído pronunciar? Tal vez un viejo tío cuando yo era pequeña, en la época en que, precisamente, merendaba a las cinco de la tarde.

La máquina del tiempo tan hábilmente montada por quienes habían imaginado y diseñado el local funcionaba a la perfección. Daba la sensación de que solo habían transcurrido unos pocos días, o unas pocas semanas, desde ciertos momentos. Se había disuelto toda la arena del pasado en mi reloj de arena. Ya sé que es banal, pero la arena es la metáfora perfecta, independientemente de los relojes de arena. No se puede coger, no se puede retener y, en el mejor de los casos, te quedas con unos pocos granos en la mano, en los que reparas de repente mucho más tarde.

Los dos pedimos café (las reglas de la nostalgia, por suerte, no lo prohibían) y un trozo de tarta margarita con nata fresca.

—Creo que yo no sería capaz de hacer tu trabajo. Me refiero a estar con los niños todos los días.

—No digo que sea un trabajo como cualquier otro, porque no lo es, pero cuando lo haces te das cuenta de que es menos difícil de lo que parece. Luego, por supuesto, están los maestros que odian de verdad a los niños.

—¿Por qué decidiste ser maestro?

—Durante mucho tiempo pensé que para fastidiar a mi padre.

—Suele pasar.

—Era profesor universitario. Ahora está jubilado. Según él, yo debería haber seguido sus pasos académicos. Un psicoanalista diría que su narcisismo era tan abrumador que lo proyectó sobre su hijo. Pero a lo mejor estoy diciendo una tontería y, si me oyera un psicoanalista, me sugeriría que no teorizara sobre asuntos que no conozco lo suficiente.

–¿Qué enseñaba tu padre?

–Historia de la Literatura Italiana. Creo que nunca ha leído un libro, al menos en su vida adulta, solo por el placer de leerlo. Y lo mismo vale para los cuadros o las piezas musicales. Estaba obsesionado con los significados, los límites de la crítica, el marxismo, el estructuralismo.

–¿Por qué dices «estaba»? Has dicho que está jubilado.

–Sí, sí, está vivito y coleando. Era así cuando trabajaba, y era también un pez gordo de la universidad. Esa forma de entender la literatura, los libros y la lectura formaba parte de su identidad y, en cierto modo, de su poder. Tras la jubilación cambió, para mejor. Uno de los raros casos de un hombre que mejora en la vejez. Ahora puede que no seamos exactamente amigos, pero al menos podemos hablar.

–¿Así que te hiciste maestro para oponerte a las aspiraciones de tu padre?

–Como te decía, lo imaginé durante mucho tiempo. Ahora no estoy tan seguro. A lo mejor es que, sencillamente, no tenía las cualidades suficientes o adecuadas para la carrera que él habría querido para mí. Cada cual intenta contarse a sí mismo una historia coherente que recoja lo que somos, o lo que creemos que somos, las experiencias que nos han marcado o que creemos que nos han marcado. Cada uno de nosotros está convencido de tener opiniones, pero casi nunca es verdad. –Se interrumpió, negó con la cabeza y sonrió–. Vale, no sé qué me ha pasado para sacar esta clase de temas. Háblame de ti. ¿A qué te dedicas?

Tarde o temprano tenía que llegar la pregunta.

–Un poco largo de contar y de explicar.

–No quería ser indiscreto.

–No lo eres. Es una historia un poco larga. Tal vez te la cuente la próxima vez. Hoy quiero disfrutar de la merienda.

Permanecimos en silencio unos minutos, comiendo tarta y bebiendo café.

–Lo siento, he sido un poco maleducada –dije al fin.

–No, en absoluto –contestó él.

No me pareció una respuesta de circunstancias.

–Me ha intrigado lo que has dicho sobre las opiniones, lo de que cada uno de nosotros está convencido de tenerlas, pero casi nunca es cierto.

–Durante mucho tiempo no tuve opiniones. Escuchaba las de los demás y luego, con algunas modificaciones, las expresaba como propias. Era un buen reciclador de opiniones ajenas, ya fueran individuales o colectivas. Ni siquiera me daba cuenta, pues ocurría por debajo del umbral de la conciencia.

–¿Y cómo te diste cuenta? –pregunté, mientras pensaba que a mí me había pasado algo muy parecido

–No lo sé. Supongo que por la ausencia de certezas. Imagino que se puso en marcha algún mecanismo cárstico, subterráneo. Un fenómeno que ocurrió casi sin que yo me diera cuenta. Lo que está claro es que, en un momento determinado, me encontré sin opiniones. Ya fueran mías o robadas. Tardé un poco en darme cuenta de que no era algo inusual, ni tenía por qué ser negativo, de hecho es una afección común para la mayoría de las personas.

–Común inconscientemente. –Me comí las últimas migajas de tarta y me terminé mi café–. Todos creemos tener opiniones.

–Sí –respondió. Y tras unos instantes de pausa, añadió–: Me he dado cuenta de que hay temas de los que prefieres no hablar. No te hago preguntas para no incomodarte, no porque no me interese saber quién eres.

Esa frase me produjo una punzada de tristeza, la dolorosa sensación de algo irrevocable.

–Tengo que irme –concluyó.

–Sí, pidamos la cuenta.

–Invito yo.

Salimos y me dijo que ya nos veríamos en el parque, pero a mí me entró el miedo irracional de que no viniera y de que nunca volviéramos a vernos. No me había pedido el número de teléfono. Me tragué el orgullo, tomé la iniciativa y se lo di yo.

–Guárdate mi número de móvil, a lo mejor te entran ganas de llamarme.

Me miró un momento, como si aquella frase banal tuviera un significado oculto. Y, pensándolo bien, a lo mejor lo tenía. Entonces respondió que sí, que con mucho gusto. Que se lo guardaba y me enviaba un mensaje, para que así yo también tuviera el suyo.

Nos despedimos. Él se fue en una dirección, Olivia y yo en la otra.

–¿Qué opinas de este tipo? –le pregunté mientras nos dirigíamos a casa.

7

A primera hora de la mañana siguiente hojeé la copia del expediente del procedimiento civil para impugnar el testamento. No había nada de interés, nada útil para la investigación que me disponía a comenzar. Después de media hora de tediosa lectura guardé los documentos mientras pensaba –y no era la primera vez– que nunca podría ser una jueza de lo civil.

Cogí la lista de nombres que me había dado Marina y decidí empezar por el notario y la asistenta que había descubierto el cadáver. Llamé a la oficina del primero y hablé con una secretaria sabelotodo que quería darme cita para la semana siguiente. Cuando la informé de que era un asunto delicado y urgente relacionado con la herencia de Leonardi, dudó unos instantes. Luego me rogó que no colgara y dos minutos más tarde me informó de que el notario me recibiría esa misma tarde a las cuatro.

Llamé por teléfono a la asistenta, Elena Pinelli. Tenía una voz que no me esperaba: sin acento, educada y recelosa. Trabajaba hasta las seis de la tarde, podíamos vernos a partir de esa hora y así lo acordamos.

Las notarías que había frecuentado en el pasado estaban decoradas con muebles oscuros y estanterías llenas de archivos, registros y códigos. Aunque no hubiera polvo, daban la sensación de ser lugares polvorientos. Aquel sitio, en cambio, era muy diferente. El mobiliario, de buen gusto y sin duda caro, se reducía a lo esencial. Los registros, que no podían faltar, eran invisibles; tal vez estuvieran ocultos en armarios empotrados que se mimetizaban. Había cuadros abstractos, litografías y adornos de diseño. Parecía la sede de una *start-up* o el estudio de un arquitecto de moda.

El notario Buonfiglio era un apuesto caballero de unos sesenta años. Muy en forma, llevaba un jersey de cachemira amarillo bajo el cual se adivinaban unos brazos modelados en el gimnasio; estatura media, fornido, ojos azules no triviales, poco pelo pero muy corto. Ligeramente bronceado, a pesar de que estábamos en noviembre; no parecía un bronceado artificial, por lo que debía de ser una persona que pasaba mucho tiempo al aire libre. Por la forma en que me miraba estaba claro que él también se había formado una idea bastante precisa sobre mí. «A ver cuánto tarda en intentarlo», me pregunté de pasada, mientras el notario asentía ceremoniosamente y me invitaba a sentarme en un sillón de cuero. Él se sentó frente a mí, en el sillón gemelo.

–Confieso que cuando Marina Leonardi me llamó para anunciar su visita me había imaginado una persona diferente –dijo, masajeándose un brazo con aire distraído.

Estaba comprobando que todos los músculos siguieran en su sitio, un gesto que suele ser habitual en los hombres preocupados, o más bien obsesionados, por su forma física.

–¿Qué clase de persona se había imaginado?

Se lo pensó un rato, como si aquella pregunta más bien banal ocultara un significado complejo que, de hecho, requería reflexionar antes de responder.

–En realidad, no lo sé. No esperaba nada en concreto, pero no alguien como usted.

Me estaba tirando los tejos incluso antes de empezar. Dejé pasar la ocasión y no le pregunté qué quería decir con «como usted» para evitar una escaramuza innecesaria. Él no estaba nada mal, era un hombre del que incluso se podría aceptar una invitación. Pero las tácticas para decir y al mismo tiempo no decir, los recursos estudiados para intentar acercamientos pero dejando siempre un camino libre para precisar que no había ningún acercamiento –en plan «Estaba bromeando» o en plan «Perdona, pero me parece que te has confundido»–, me aburrían. Era un juego al que había jugado demasiadas veces.

–Así que Marina está convencida de que a su padre lo asesinaron –dijo de repente.

–¿Y usted qué piensa?

–Pienso que es una idea descabellada, si se me permite la franqueza. –Esperó unos instantes para ver si yo tenía algo que comentar. No dije nada. La gente habla más y dice cosas más interesantes cuando tiene que llenar el silencio de su interlocutor–. Todo parece muy claro –prosiguió–. Vittorio Leonardi tuvo un infarto y, si quiere que le diga la verdad, en mi opinión es lo mejor. Una cosa rápida, nada de enfermedades, discapacidades ni humillaciones. Leí en una novela una frase sobre la muerte que resume mi punto de vista.

–¿Qué frase?

–Un personaje le pregunta a otro: «¿Tiene usted miedo de la muerte?». Respuesta: «No especialmente, lo que me molesta es la idea de los preliminares».

–Sí, es difícil no estar de acuerdo.

–¿Le han encargado a usted que investigue este asunto? ¿De verdad cree que va a averiguar algo?

No tenía intención alguna de decirle la verdad. Lo máximo que podía permitirme era una mentira moderada.

–Lo más probable es que las cosas sean lo que parecen, es decir, como usted dice. Sin embargo, algunas investigaciones parten de la idea de que a veces, por raro que resulte, las cosas no son lo que parecen.

Asintió levemente, como si estuviera sopesando mis palabras. O tal vez era solo la impresión que quería dar.

–¿Recuerda cuándo le habló por primera vez el profesor Leonardi de su decisión de hacer testamento?

–A decir verdad, no me mostró ninguna intención. Una tarde de hace unos tres años me llamó y me preguntó si podía pasar por mi despacho para hablar de un tema. Ese mismo día no fue posible, así que nos reunimos al día siguiente.

–¿Cuál era su relación con el profesor Leonardi?

–Decir que éramos amigos sería una exageración. A veces nos veíamos por ahí. Lo conocía desde hacía mucho tiempo.

–Cuando se veían, ¿también estaba su segunda esposa?

–No, eso no ocurrió nunca. La primera vez que la vi fue cuando vino al despacho para la lectura del testamento.

–¿Sabe si Leonardi pertenecía a algún club o asociación, tipo Rotary o algo por el estilo?

–No era ningún misterio que era masón. Incluso de cierta importancia. No puedo decirle nada más concreto, nunca he sentido el menor interés por esa clase de asociaciones. No le he preguntado si quiere que pida algo al bar.

–Estoy bien, gracias. Así que el día después de la llamada Leonardi vino a su despacho.

–Sí, y trajo consigo el testamento ológrafo ya redactado. Lo había escrito de su puño y letra, con una estimación global del patrimonio y estimaciones específicas de los activos más importantes. Evidentemente para evitar problemas de incumplimiento de la legítima. Al parecer, sin embargo, eso no bastó, ya que hay una demanda pendiente.

–¿Qué le dijo en aquella ocasión?

–No mucho. No me pidió consejo técnico, había venido simplemente para depositar el testamento. Ya lo había decidido todo. Yo me limité a tomar en depósito el testamento.

–Pero luego volvió a insistir en el tema. ¿Cuánto tiempo después?

–No lo sé con exactitud pero, así a ojo, unas pocas semanas antes de morir. Por tanto, casi un año después de depositar el testamento.

–¿Qué le dijo exactamente?

–Que lo había pensado mucho y que tenía intención de modificar su testamento para incluir a su exmujer y a la asistenta, que era casi de la familia; también quería dejar dinero a una fundación que se dedica a la investigación científica. Creo que también se refirió a otros herederos y que habló de entidades benéficas, pero no lo recuerdo bien.

–¿Le explicó sus motivos? ¿Había ocurrido algo que lo hubiera llevado a tomar esa decisión? ¿Algún conflicto con su mujer, tal vez?

–Lo único que dijo fue que llevaba mucho tiempo pensándolo.

–¿Tuvo la sensación de que estaba preocupado por algo?

–No, parecía tranquilo. En general, y por lo que yo sabía de él, no era un hombre que mostrara sus emociones.

–¿Se preguntó usted por qué Leonardi había cambiado de opinión?

–No inmediatamente después de hablar con él. Tampoco era tan extraordinario, suele ocurrir. Aunque, por lo general, no en un espacio de tiempo tan corto. Lo pensé cuando supe que había muerto.

–Pero no se lo mencionó enseguida a su hija.

–Pensé en hacerlo después de que se leyera el testamento,

pero después me di cuenta de que se trataba de una información grave e irrelevante al mismo tiempo. En el sentido de que lo que Leonardi me había dicho no influía de ningún modo en la validez y el vigor del testamento ya depositado, y solo habría servido para encolerizar aún más a la hija.

—Pero luego cambió de opinión.

—Me dije que Marina tenía derecho a saberlo. O, dicho de otro modo, que yo no tenía derecho a guardarme esa información.

—¿Sabe si Leonardi había manifestado su intención a alguien más? ¿A su mujer, concretamente?

—No lo sé. Esa fue la última vez que hablé con él. No volví a verlo ni a saber nada de él.

—Si fuera necesario, ¿tendría usted inconveniente para declarar en el tribunal todo lo que me ha contado?

—No me muero de ganas, pero si me llama un juez, hago lo que tengo que hacer. La cuestión es que, como ya le he dicho, se trataría de un aspecto irrelevante en la causa de impugnación del testamento.

No estaba pensando en esa causa, pero no me pareció indispensable especificarlo en ese momento.

—De acuerdo, señor notario, gracias. Si recuerda cualquier otro detalle, por insignificante que parezca, le agradecería que me lo comunicara.

Me levanté y él también se levantó, con un movimiento elástico ligeramente forzado, de hombre joven.

—Me gustaría que usted correspondiera de alguna manera a mi colaboración en su investigación.

—¿En qué sentido?

—¿Está ocupada esta noche? Hay un restaurante japonés con una estrella Michelin al que me gustaría llevarla.

—Por desgracia, estoy ocupada. Cena con una amiga.

Se encogió de hombros.

–Lo he intentado. Tal vez vuelva a intentarlo dentro de unos días. Y tal vez acepte usted.

«Tal vez acepte, claro».

8

Estamos todos atrapados en los estereotipos, y yo no soy mejor que los demás. Es evidente que no. Por regla general, cuando una piensa en una asistenta no demasiado joven se imagina a una persona con un ligero sobrepeso, de aspecto no demasiado cuidado, dotada de sentido práctico y, quizá, de cierta cordialidad campechana. Y pido disculpas por el desfile de clichés. La mujer que había trabajado como asistenta para Leonardi, la misma que había encontrado su cuerpo sin vida, era alta y esbelta, con el pelo corto que tendía al gris perfectamente cuidado, ojos azules, un rostro inteligente y melancólico. En otros tiempos, sin duda, había sido muy guapa. Debía de tener poco más de sesenta años muy bien llevados.

Habíamos quedado en la plaza Loreto, muy cerca de la casa de la anciana a la que cuidaba. Le di las gracias por haber accedido a quedar conmigo y ella me respondió con un gesto de asentimiento. Se mostró seca, no amistosa pero tampoco hostil.

–¿Vamos a sentarnos en un café para poder hablar con calma?

–De acuerdo –respondió Elena.

Entramos en un bar. Los muebles eran de los años setenta, las botellas que el camarero tenía detrás eran de los años setenta, el camarero era de los años setenta y, en conjunto, el bar transmitía esa mezcla de alegría y tristeza típica de ciertos lugares que pasan décadas enteras sin cambiar nunca. Había varias mesas pequeñas, pero solo una estaba ocupada por dos ancianas que bebían té, comían pastelillos y charlaban animadamente. No sé por qué, pero pensé que eran dos viejas amigas que hacía tiempo que no se veían y que se estaban poniendo al día de todo lo que había pasado en los últimos meses o en los últimos años.

–¿Ha terminado de trabajar ahora? –pregunté.

–Sí. Como le he comentado por teléfono, cuido a una señora bastante mayor, digamos anciana. A ella le gusta decir que soy su dama de compañía. Y a mí me gusta pensar que soy una dama de compañía y no una cuidadora.

–¿Qué edad tiene la señora? ¿Cómo está?

–Ochenta y ocho, y la verdad es que ojalá llegue yo a esa edad, si es que llego, en esas condiciones. Es autosuficiente, la acompaño a pasear, a veces la llevo al cine e incluso al teatro. Hago algunas tareas domésticas, cocino, la ayudo un poco con la higiene personal, pero hay otras dos personas que se ocupan de los trabajos más agotadores y de las noches. En resumen, que no está mal.

–¿Desde cuándo ejerce su profesión actual?

–Desde hace alrededor de un año. Después de la muerte del profesor no seguí trabajando para su mujer. Estuve en paro durante unos meses hasta que me salió esta oportunidad. Por suerte tenía buenas referencias, es una familia bastante rica, tengo unos ingresos aceptables y me han hecho contrato.

–¿Le apetece tomar algo?

No sé por qué, pero estaba convencida de que diría «no, gracias». En lugar de eso, respondió:

–Sí, gracias. Tomaré té.

Fui a la barra, pedí dos tés con los mismos pastelillos que comían las ancianas y volví a la mesa.

–¿Cuántos años trabajó en casa del profesor Leonardi?

–Más de quince años. Empecé cuando aún vivía con su primera esposa.

En ese momento llegó el camarero con una bandeja. Elena pidió también una lechera de leche fría. Usó exactamente esa palabra –«lechera»– tan pasada de moda, tan vagamente aristocrática.

–No quiero robarle demasiado tiempo. ¿Puede hablarme de la mañana en que encontró al profesor?

Suspiró y bebió un sorbo de té.

–Había llegado como de costumbre a las ocho y había abierto la puerta con las llaves; normalmente a aquellas horas el profesor ya se había marchado. Pero la puerta no estaba cerrada con llave, así que pensé que todavía estaba en casa y dije algo en voz alta, para que supiera que ya había llegado.

–Así que sabía que su mujer se había marchado.

–Sí, si la señora hubiera estado allí, yo habría llamado al timbre antes de entrar.

Noté un ligero énfasis en «señora». Un matiz de ironía apenas perceptible.

–Siga.

–Dije: «Profesor, ¿está usted en casa?» o algo parecido. Como se puede imaginar, no me respondió. Enseguida tuve un mal presentimiento.

–¿Qué quiere decir?

–Pensé que había pasado algo. Por supuesto, fue cuestión de un momento, porque apenas unos segundos después supe que, efectivamente, había pasado algo.

–¿Existía algún motivo, me refiero a algún motivo previo, que justificara ese sentimiento?

Sacudió la cabeza y tal vez pensó algo que no dijo.

–No, ningún motivo concreto. Por desgracia, nunca me he equivocado cuando he tenido malos presentimientos.

–¿Y luego?

–Entré en el dormitorio y vi al profesor tumbado, completamente vestido pero sin zapatos. Estaba muerto, me di cuenta enseguida. Por la cara, quiero decir. Estaba gris, yo ya había visto muertos antes.

–¿Se fijó en si había algo fuera de lugar en el dormitorio? Objetos caídos, ropa en el suelo...

–No, pero no puedo decir que prestara atención a esos detalles. Salí de la habitación y llamé al doctor Loporto.

–¿Por qué lo llamó a él y no a la esposa del profesor?

Dudó unos instantes. Bebió el té que quedaba en la taza y se sirvió un poco más.

–La mujer del profesor se había marchado, así que no podría llegar enseguida. El doctor Loporto era casi de la familia, el único médico amigo del profesor que yo conocía. Para mí lo más lógico fue llamarlo, aunque estaba claro que no había nada que él pudiera hacer.

–¿Le contestó enseguida?

–No. Lo intenté dos veces, dejé sonar el teléfono mucho tiempo. Ya me estaba preguntando a quién más podría avisar, pero entonces llamó él.

–¿Tenía usted el número del doctor Loporto o lo encontró en algún sitio, por ejemplo una agenda?

–Tenía su número. No era mi médico, pero alguna vez me había visitado; había acudido a él para pedirle consejo. El mismo profesor me lo había recomendado años atrás.

–Pero cuando necesitaba usted una opinión médica... ¿no se la pedía directamente al profesor?

–Sé que suena extraño, pero al profesor no le gustaba que le pidieran opiniones de manera informal.

–¿Por qué?

Extendió los brazos.

–Era así, un personaje nada fácil.

Me entraron ganas de fumar un cigarrillo, pero no estábamos en la parte de atrás del bar de Diego y no me pareció una buena idea interrumpir la conversación para salir a fumar.

–De acuerdo. Entonces, el doctor Loporto le devolvió la llamada.

–Sí, le conté lo que había pasado y llegó al cabo de media hora, puede que un poco menos.

–¿Qué dijo después de verlo?

–Que lo más probable era que el profesor hubiera tenido un ataque al corazón y que ya debía de llevar muerto unas diez horas, tal vez más.

–Que usted sepa, ¿el profesor sufría alguna patología? ¿Tenía problemas de corazón o de otro tipo?

–No que yo sepa, pero, de haber sido así, a mí no me lo habría mencionado.

–¿Cuándo lo vio vivo por última vez?

–Unos días antes. Llegó a casa cuando yo aún estaba allí, por la tarde. No ocurría a menudo, normalmente volvía cuando yo ya me había marchado. Lo veía los sábados si no estaba en la clínica.

–¿Recuerda algo en particular de ese último encuentro?

Negó con la cabeza.

–Ni siquiera sé si hablamos, aparte de saludarnos.

–De acuerdo. Si no le importa, volvamos a la mañana del descubrimiento. ¿Quién informó a la esposa?

–El doctor Loporto.

–¿Cómo reaccionó ante la noticia?

–No lo sé. No presencié la llamada telefónica, el doctor se fue a otra habitación.

–¿Cuándo regresó la señora?

–Por la tarde.

–¿Cómo se comportó?

–Nunca me pareció una mujer especialmente sentimental.

–¿Quiere decir que no dio señales de estar afectada?

–No.

–¿No lloró, no se desesperó?

Una sombra de sarcasmo le cruzó los labios.

–No, la verdad es que no.

Me tomé un minuto para reflexionar sobre esa información, que era equívoca y podía significar cosas muy distintas.

–¿Ha dicho antes que llevaba más de quince años trabajando para el profesor?

–Sí.

–¿Siempre se ha dedicado a este tipo de trabajo, digamos de asistencia familiar?

–No.

–¿Puedo preguntarle qué otros trabajos ha tenido?

–La mía no es una historia muy interesante.

–Si no le parezco indiscreta o entrometida, me gustaría escucharla.

Parecía preguntarse qué quería yo en realidad, qué motivo o qué trampa se ocultaba detrás de mi curiosidad. Debió de decidir que, incluso en el peor de los casos, no podía pasarle nada malo. Vertió el té que quedaba en su taza y bebió un poco más, como si quisiera reunir fuerzas.

–Muy bien, voy a tratar de ser breve, ya que en realidad es una historia larga y triste. Me licencié en Derecho en Bolonia; los años de la universidad fueron la mejor época de mi vida. Luego hice oposiciones y me dieron plaza de funcionaria en el Ayuntamiento de Chieti: vengo de un pequeño pueblo de esa zona. Así que volví a mi tierra y, durante unos años, llevé una tranquila vida provinciana, sin demasiadas emociones pero también sin demasiados sobresaltos.

–Y entonces conoció a un hombre –dije, casi sin darme cuenta.

Si mi intuición la había sorprendido, no lo dio a entender.

–Sí, entonces conocí a un hombre. Trabajaba en el mundo de los negocios, vivía en Milán y había venido a mi zona por no sé qué asunto. Era guapo, tenía mucho dinero y lo gastaba con estilo; yo era una chica provinciana, guapa pero inculta, a pesar de mis años en Bolonia y de mis poses intelectuales. Me enamoré de él. Y él quizá también se enamoró de mí. O tal vez no, tal vez solo fuera un juego como todo lo demás. Después de tanto tiempo, y de todo lo que pasó, es difícil decirlo. En fin, decidimos casarnos, pero yo era funcionaria del Ayuntamiento y no podía solicitar el traslado a otro lugar. Él me dijo que no era necesario que yo trabajase. Así que dejé mi puesto y lo seguí a Milán. Durante varios años las cosas fueron bien, al menos en apariencia, aunque yo tenía cada vez más a menudo la sensación de que algo no encajaba. Algo que no sabía identificar.

–¿Qué pasó?

Soltó una risita sarcástica.

–¿Sabe lo que es un esquema Ponzi?

Lo sabía bien. Es una estafa financiera, una especie de carta en cadena. Toma su nombre de un tal Charles Ponzi, que fue el primero en ponerla en práctica a principios del siglo pasado. Buscas inversores prometiendo en poco tiempo beneficios superiores a la media del mercado; pagas esos primeros beneficios con el dinero que cobras cuando se corre la voz de que eres la persona adecuada para todo aquel que quiera ganar mucho en poco tiempo. Los inversores se multiplican a veces en progresión geométrica hasta que las solicitudes de reembolso superan las nuevas inversiones. En ese momento salta todo por los aires, mucha gente acaba en la ruina y tú, el creador de la estafa, acabas en la cárcel, a no ser que te largues antes.

El marido de Elena se había largado.

—Se esfumó de la mañana a la noche, sin decírmelo y dejando un agujero de varios miles de millones... En aquella época aún existía la lira. Se decretó prisión preventiva, una medida cautelar que jamás llegó a ejecutarse. Recibí noticias suyas meses más tarde, desde Namibia...

—Que no tiene convenio de extradición con Italia.

—Exactamente. Me telefoneó, me dijo un montón de cosas confusas. Que pronto lo arreglaría todo, que en ese país estaba a gusto y había muchas oportunidades, que algún día volvería o iría yo a reunirme con él. Una cosa tras otra, en un discurso incoherente. Le pregunté cómo podía ponerme en contacto con él y me dijo que pronto me enviaría una dirección, pero que tenía que ser muy cauteloso.

—¿Y luego?

—Luego no volví a saber de él. El juicio se celebró en rebeldía y lo condenaron a diez años de cárcel. Confiscaron todas sus... nuestras propiedades. Si alguna vez ha vuelto a Italia, yo no me he enterado.

—¿Me está diciendo que el último contacto que tuvo con él fue esa llamada telefónica? ¿Nada más?

Asintió con una expresión de ligera vergüenza, como si de algún modo se sintiera responsable de ese comportamiento atroz.

—En resumen, que me encontré sola, pobre y avergonzada por culpas que no eran mías. En una ciudad que puede ser despiadada. Donde los que se quedan atrás... bueno, se quedan atrás.

–¿Nunca ha pensado en volver a los Abruzos?

Negó con la cabeza.

–Solo tenía un hermano mayor, que ahora ya está muerto, pero la relación entre nosotros nunca había sido muy buena, y alguna que otra tía ya anciana. ¿Qué podía hacer allí, aparte de convertirme en objeto de habladurías y blanco de miradas hipócritas de compasión? Me quedé en Milán. Tenía que sobrevivir y sobreviví. Poco importa si el camino ha sido muy diferente al que había imaginado para mi futuro tantos años antes.

Nos habíamos quedado solas en el bar. Sin que me diera cuenta, las dos ancianas se habían marchado.

–Me apetece un cigarrillo –dijo bruscamente.

Salimos a fumar. Le ofrecí uno de los míos y me dijo que no, gracias, prefería liarse el suyo; lo hizo con movimientos básicos y conscientes, como si eso fuera una parte integrante del placer de fumar. Aspiraba el humo de su cigarrillo como hacen los fumadores habituales y resignados: con método y energía. Más o menos como yo.

–Hábleme de cuando conoció al profesor.

–Buscaban a alguien que se ocupara de la casa; alguien a medio camino entre ama de llaves, asistenta y secretaria para pequeños asuntos burocráticos. Yo ya había trabajado en otras familias con las mismas tareas. Tenía buenas referencias y me cogieron.

–¿Sabe por qué el profesor se divorció de su primera esposa?

–Intuyo que el matrimonio no funcionaba desde hacía tiempo. Esperaron a que la hija se marchara de casa para ir a la universidad. Unos meses más tarde, su esposa se mudó a otro piso que él había puesto a su nombre.

–¿La volvió a ver?

–No.

–Pasemos a la segunda esposa: ¿cuánto tiempo siguió trabajando para ella tras la muerte de Leonardi?

–Poco. La ayudé a resolver algunos asuntos prácticos y me marché.

–¿La decisión fue suya o...?

–Digamos que fue una decisión consensuada.

–¿Qué opinión tenía de ella?

–Yo hacía mi trabajo, hola y adiós, nunca hubo confianza entre nosotras. Las conversaciones más largas que tuvimos fueron después de la muerte de su marido, y siempre sobre cuestiones prácticas. Nunca llegué a conocerla realmente, por lo que no me siento capaz de expresar una opinión.

–Si alguien que no sabe nada sobre este asunto y sus protagonistas le pidiera que se la describiera, ¿qué le diría?

–Diría que es una chica muy guapa; aunque quizás, a estas alturas, sería más apropiado hablar de mujer hermosa. No quiero parecer desagradable, pero ciertamente el profesor no se casó con ella por sus dotes intelectuales. Y me parece poco probable que ella se casara con él por amor. Aparte de eso, la verdad es que no puedo entrar en detalles ni describir su personalidad. Repito: nunca llegué a conocerla bien.

–¿Sabía que el profesor quería cambiar su testamento para incluirla también a usted?

Las dos fumábamos mirando al frente. Elena se volvió hacia mí con una expresión de auténtico asombro, sin decir nada.

–¿No lo sabía?

–No...

–Parece turbada.

–¿Turbada? No sé, pero sorprendida sí. ¿Está segura? ¿Cómo lo sabe?

Durante unos instantes me pregunté si podía decirle la verdad. Decidí que podía, y que quizá debía.

–Unas semanas antes de su muerte había manifestado al notario esa intención. No llegó a tiempo.

Elena desvió la mirada. Asintió repetidamente, como si estuviera conversando con una entidad invisible. Transcurrió tal vez un minuto.

–Me habría venido bien una parte de la herencia. Pero que no tengo suerte me parece bastante claro.

–¿Por qué dice que está sorprendida? ¿Le parece extraño que el profesor tuviera ese propósito?

–Es solo que no esperaba enterarme ahora, por usted. Pero, si lo pienso, no es tan extraño. De alguna manera creo que me tenía cariño. Igual que uno se encariña con una mascota. En cualquier caso, le estoy agradecida. ¿Sabe que me regalaba libros?

–¿Libros?

–Sí. El profesor tenía una cuenta en la librería Hoepli. Cuando descubrió que me encantaba leer, que es lo que más me gusta en este mundo, me dijo que si quería un libro podía ir a la librería, cogerlo y cargarlo en su cuenta. Lo aproveché con moderación, pero entrar en una librería y saber que podía coger lo que quisiera era una sensación maravillosa. Pero se acabó y tuve que volver al préstamo en la biblioteca. De vez en cuando compro algunos usados. Muy rara vez uno nuevo. Nunca en Hoepli.

–No hay que volver a los lugares en los que una ha sido feliz.

–Exacto.

–¿Por casualidad sabe si el profesor tenía algo que ver con la masonería?

–Era masón, sí.

–¿Cómo lo sabe?

–Siempre lo di por hecho. Por las cosas que había oído en casa en la época en que aún vivía con su primera esposa. –Lio otro cigarrillo y lo encendió–. Pero ¿qué tiene eso que ver con su muerte? –preguntó.

–Nada.

–Pero está usted investigando. ¿Cree que no murió por causas naturales?

–Es una hipótesis. Muy improbable, por todo lo que he oído hasta ahora, incluido lo que me ha contado usted. Pero sí, estoy haciendo algunas comprobaciones.

Tosió dos veces, desde los bronquios. En la calle hacía frío y había mucha humedad, no era buena idea estar allí paradas.

–Si yo fuera Marina, también sospecharía de la esposa. Sobre todo sabiendo que el profesor quería cambiar el testamento.

–Entonces, en su opinión, ¿hay algún elemento para dudar de que se tratase de una muerte natural?

–Yo no tengo ningún elemento. Pero entiendo el razonamiento de la hija: ¿quién tenía interés en que el profesor muriera?

–Ha dicho que aquella mañana no vio nada extraño.

–Y así es. Al menos yo no noté nada.

–Tampoco el médico.

–No lo sé. Probablemente las cosas son lo que parecen. Sin embargo, si yo fuera la hija, tendría mis dudas, así que no me extraña que la haya contratado para investigar. En su lugar tal vez yo habría hecho lo mismo.

Llegó el momento de despedirse.

–Si se le ocurre algún otro detalle, por insignificante que sea, por favor, llámeme. Ya tiene mi número.

Asintió con la cabeza y pareció a punto de añadir algo, pero no lo hizo. Nos dimos la mano y Elena desapareció en el frío, en la húmeda oscuridad.

Cinco años antes

Un par de días después de la vigilancia del martes vino a verme el inspector Capone. Lo primero que hizo fue precisar que estaba allí tras haber informado a Calvino, el director. Y que él también habría venido, pero esa mañana tenía un compromiso con el director de la policía.

–¿Vamos a tomar un café, fiscal?

Su expresión decía que no era el café lo que le interesaba, sino la oportunidad de hablar tranquilamente, sin el peligro de que alguien interceptara de un modo u otro la conversación. A veces se trata de paranoia –una enfermedad profesional que afecta a muchos investigadores competentes–, otras veces de sana cautela.

–La verdad es que me apetecía un café –le dije mientras cogía mi chaqueta y mi paquete de cigarrillos.

Nos dirigimos a las escaleras.

–He hecho algunas comprobaciones extraoficiales para identificar el autor, y me refiero al verdadero autor, de la denuncia.

–¿Con qué resultados?

Miró a su alrededor. No había nadie cerca.

–Como recuerda, la denuncia llegó por correo electrónico. Por suerte, el operador de dicho servicio de correo electrónico es italiano; con otros países habría sido mucho más complicado, por no decir imposible. He hablado con un amigo que trabaja en la empresa y se encarga de las relaciones con los departamentos de la policía judicial. Es un tipo eficiente; a menudo, en casos urgentes, nos proporciona los datos antes de recibir la orden judicial. –Volvió a mirar a su alrededor y añadió–: A veces nos proporciona los datos incluso cuando no se ha emitido *ninguna* orden judicial.

–¿Y qué ha averiguado?

–En primer lugar, que la dirección de correo electrónico se creó solo unos días antes de que se enviara la denuncia; la cuenta no se ha utilizado para nada más. A continuación rastreamos la IP del ordenador desde el que se activó la cuenta.

–¿Un locutorio?

–Pues sí, era de esperar.

Mientras hablábamos, habíamos llegado al bar del Palacio de Justicia que, como de costumbre, estaba abarrotado.

–Salgamos mejor –dije al tiempo que le daba la espalda a aquella aglomeración de abogados, magistrados, secretarios, acusados y periodistas. Luego pregunté–: No entiendo, sin embargo, cómo piensa identificar al autor de la denuncia.

Capone tenía un ligero tic que se manifestaba sobre todo cuando un tema de investigación se volvía interesante. Abría ligeramente los orificios nasales como si olfateara algo en el aire.

–Ese café está en la zona de vía Padova y lo frecuentan de forma casi exclusiva ciudadanos extracomunitarios. Lo llevan dos jóvenes peruanos. He hablado con uno de ellos y le he preguntado si en las semanas anteriores se había fijado en algún cliente distinto a los habituales.

–Y se había fijado.

–Así es. Un hombre de unos sesenta años con traje y corbata.

–Ah, bueno, entonces es fácil... En Milán no habrá más de trescientos mil hombres con traje y corbata.

–Sí, pero no todos se dejaron la carpeta de un estudio profesional en ese locutorio.

–¿A qué se refiere?

–El hombre se dejó en el locutorio una carpeta de esas que se utilizan en los despachos de abogados, de contables o de arquitectos, como en este caso.

–¿Había algo en la carpeta?

–Un periódico y algunas hojas de papel en blanco. Pero en la cubierta de la carpeta está el membrete del estudio. El hombre no volvió a recuperarla y los chicos peruanos, afortunadamente, no la tiraron. Me la dieron y yo, para salir de dudas, busqué en Google el nombre del propietario del estudio. Aparecieron varias fotos: se ve que es un arquitecto bastante importante, propietario también de una gran empresa de construcción. Imprimí algunas de estas fotos y se las llevé a los peruanos.

–Y lo reconocieron.

–Lo reconocieron sin ningún género de dudas.

Entramos en un bar a pocos pasos del Palacio de Justicia e hicimos una pausa en nuestra conversación para tomar café. Cuando volvimos a la calle encendí un cigarrillo.

–¿Todavía fuma, fiscal? No es saludable.

–Hago muchas cosas que no son saludables. ¿Usted lo ha dejado?

–Sí, mi hija me obligó. Llevaba tiempo pensándolo, tal vez solo necesitaba un empujoncito. Ahora vuelvo a notar los olores.

Me dije que yo también notaba los olores (y algunos de ellos me gustaban mucho) a pesar de fumar, y que de todas formas no tenía a nadie que me diera un empujoncito para dejarlo.

–¿Cómo es que ese arquitecto no fue a recuperar su carpeta?

–Probablemente ni siquiera se dio cuenta de que la había perdido. O no sabía que la había perdido allí. Como le he dicho, dentro solo había un periódico y un bloc de papel en blanco. Examiné el periódico y no encontré notas ni apuntes, tampoco ningún artículo destacado. Aparte del membrete con el nombre del tipo, es material inservible. No es su cartera o un teléfono móvil o una carpeta llena de documentos. En la primera página del bloc se vislumbran algunas marcas del bolígrafo: obviamente, había escrito en la hoja anterior. Si lo considera necesario, podemos intentar leer las palabras con una luz oblicua.

–Pero es raro: toma muchas precauciones para no ser detectado y luego básicamente deja una firma.

–Una psicóloga amiga mía diría que, de forma inconsciente, *quería* que lo identificaran y por eso se olvidó la carpeta. No sé si esta hipótesis tiene sentido, no soy un experto, pero después de muchos años de servicio he aprendido que tales actitudes son más frecuentes de lo que la gente cree. A menudo, quienes cometen un delito no es que quieran ser detenidos, pero sí identificados. En este caso no es un delito, es cierto, pero el concepto es el mismo: hago algo por lo que racionalmente no quiero que me pillen y cuyas consecuencias no quiero pagar, pero en lo más profundo de mi inconsciente espero que así sea. En muchos actos delictivos hay un factor exhibicionista. Es como los niños, que hacen cosas prohibidas para llamar la atención de sus padres.

Se dio cuenta de mi expresión de perplejidad, pero también de admiración, y soltó una especie de risita irónica.

–No les cuente a mis colegas que hablo de estas cosas. En nuestro ambiente te toman como mínimo por un bicho raro si se rumorea que haces esa clase de razonamientos. Aunque, bueno, a mi edad ya no tengo que demostrar nada a nadie...

–Mantendré la boca cerrada, no se preocupe –dije, encendiendo otro cigarrillo con la colilla del anterior e ignorando su mirada de desaprobación.

Quién sabe si incluso en muchas de mis gilipolleces se escondía también un factor exhibicionista. ¿Seguía siendo la niña pequeña que intentaba cabrear a sus padres porque se sentía desatendida? Reflexioné sobre ello unos instantes. Entonces, como de costumbre, me puse nerviosa por múltiples y contradictorias razones. Me molestaba la posibilidad (muy real) de que la interpretación fuera correcta y tuviera que ver conmigo; me molestaba abandonarme a esas consideraciones; me molestaba ser una niña asustada y triste. «A la mierda todo», pensé mientras aspiraba con fuerza el humo acre del Camel.

–Bueno, recapitulemos. Sabemos que ese arquitecto fue a un locutorio cuando se supone que dispone de conexión en casa, en la oficina y en su teléfono móvil. Así que es concebible que, dejando aparte las reflexiones psicoanalíticas, fuera allí a hacer algo de lo que no quería dejar rastro. Sin embargo, no podemos afirmar con certeza que fuera él quien nos envió la denuncia. Tal vez use un ordenador que no es suyo para ver porno, acosar a una exnovia, amenazar a un colega o lo que sea.

–Es miembro de la masonería.

–¿Cómo dice?

–El arquitecto en cuestión pertenece a la obediencia masónica de la Gran Logia de Italia de Masones Antiguos, Libres y Aceptados –dijo Capone en un tono ligeramente didáctico y con cierto aire petulante.

–¿Cómo lo sabe?

–Las listas de los inscritos en la masonería, o al menos en las distintas logias oficiales, se pueden encontrar en internet.

–¿Es usted un experto en masonería o se ha convertido para la ocasión? –fue lo único que se me ocurrió preguntar.

El inspector era bueno, eso ya lo sabía. Pero al mismo tiempo me sorprendió que hubiera conseguido averiguar tanto en solo un par de días.

–He buscado un poco en internet y he aprendido algunas cosillas. Ya me conoce, soy curioso por naturaleza.

Dicen que en cualquier trabajo creativo (y la investigación lo es, o debería serlo) la pericia no es tanto encontrar las respuestas correctas como formular las *preguntas* adecuadas. Que era, precisamente, lo que había hecho Capone. ¿Era posible que aquel tipo perteneciera a la masonería? Si la respuesta era afirmativa, sería más fácil considerarlo el autor de la denuncia.

–Por supuesto, si es miembro de la masonería, es muy probable que sea nuestro hombre. O, mejor dicho –señalé aplastando la colilla en el cenicero que estaba frente al bar–, es muy poco probable que no sea él.

–Preguntémosle y acabemos de una vez –concluyó Capone.

–Exacto, preguntémosle y salgamos de dudas.

–¿Quiere que redacte un informe oficial con todo lo que le he dicho?

–De momento no. Veamos qué nos cuenta el tipo. La denuncia habla en términos generales de un grupo de malhechores que actúan como el P2, que han reproducido Tangentopoli, etcétera. Pero no existe ningún indicio de delito, aparte de la violación de la ley Anselmi. Si lo acorralamos, dejando constancia de todo el procedimiento clandestino que ha seguido para enviarnos la denuncia, puede ser que el tipo se cierre en banda temiendo represalias o temiendo pasar por denunciante anónimo, por cuervo, como se les suele llamar. Tenemos que intentar convencerlo de que nos revele algo más: no es buena idea arrinconarlo. O, por lo menos, no enseguida.

–Estoy de acuerdo.

–Pues quedamos así. Pasen mañana por su estudio y díganle que el juez quiere hablar con él y que, si lo desea, pueden llevarlo ustedes en coche. Eso último háganlo de manera que parezca una cortesía. Pero la citación debe ser como mucho una hora más tarde del momento en que se le comunique, para que ir en coche con ustedes le parezca lo más práctico, no una imposición ni un acompañamiento forzoso. Hablamos con él, vemos qué surge y decidimos cómo proceder.

–De acuerdo. ¿A qué hora quiere que lo citemos?

–Mañana tengo audiencia. Para estar seguros, no vaya a ser que alguno de los procesos se alargue, digamos a las siete de la tarde, en las dependencias de la policía.

–De acuerdo. Enviaré un coche a la fiscalía alrededor de las seis y media.

9

El médico respondió después de dos tonos y me pareció un poco extraño, a menos que Marina le hubiera dado mi número y él lo hubiera guardado en la agenda. Tenía una voz nasal, con un matiz de resignación y algo más que no supe identificar.

—Buenos días, me llamo Penelope Spada. Creo que Marina Leonardi ya le ha dicho que lo llamaría.

—Buenos días, sí. Me ha dicho que quería usted hacerme algunas preguntas sobre la muerte de su padre.

—Algunas preguntas, sí.

—Creo que no tengo nada interesante que contarle, pero adelante.

—Si no le importa, me gustaría que nos viéramos. Puedo quedar con usted donde quiera, a la hora que mejor le vaya.

Tras un momento de pausa, dijo que sí, que podía ir a su consulta a las dos, la hora en que terminaba las visitas.

Fui a hacer ejercicio al parque. Volví muerta de frío y me di una ducha caliente. Cuando Olivia se dio cuenta de que estaba a punto de salir de nuevo, movió la cola con la esperanza de que la llevara conmigo. Le dije que por desgracia tenía que esperarme en casa y ella respondió con un bostezo de protesta y decepción. Subió a su camita y se acurrucó, mirando ostentosamente en dirección opuesta a la mía.

La consulta de Mario Loporto estaba en vía Monti, cerca de la Trienal. En circunstancias normales habría ido a pie, pero estaba empezando a llover y hacía un frío espantoso (aquellos días casi siempre llovía y siempre hacía aquel frío espantoso). Así que fui a coger la línea amarilla del metro desde mi estación en Crocetta hasta el Duomo, donde cambié para continuar en la línea roja hasta Cadorna. A partir de ahí me quedaba un trozo a pie. Me subí la capucha, abrí el paraguas barato que, contra todas las leyes de la física y la economía, me había durado más de dos años y eché a andar. El agua caía sin piedad y cuando llegué tenía la cabeza seca y los vaqueros empapados de la rodilla hacia abajo.

Loporto era un caballero alto, delgado y de aspecto austero. Tenía la cara hundida, como si se hubiera pasado un poco con la dieta. Me recibió en la consulta con la bata de médico aún puesta.

–No le voy a ocultar que su visita me sorprende. No consigo entender por qué, casi dos años después, alguien está interesado en la muerte del pobre Vittorio.

–Por varios motivos –dije, casi disculpándome por la extraña naturaleza de la investigación en la que me había visto involucrada–, Marina Leonardi no está convencida de que la muerte de su padre se debiera a causas naturales.

–Ah, otra vez esa historia –respondió Loporto con un evidente gesto de fastidio.

–Entonces, ¿ya ha hablado con ella del tema?

–Hace algún tiempo mencionó esa extraña idea. O, mejor dicho, esa *absurda* idea.

–Estoy bastante de acuerdo con usted. He accedido a hacer algunas comprobaciones aunque solo sea para confirmar lo que ya parece obvio y para que la señora Leonardi se quede tranquila.

–No sé cómo puedo ayudarla –dijo, moviéndose en la silla como si buscara una posición más cómoda.

–Háblame de esa mañana.

–No hay mucho que contar. Me llamó la señora Elena y me dijo que había encontrado... En fin, que había entrado en casa y se lo había encontrado muerto. Estaba muy alterada y, como es lógico, a mí también me afectó la noticia. Le pregunté si estaba segura de que estaba muerto, quería asegurarme de que no era necesario llamar a una ambulancia.

–¿Y qué dijo Elena?

–Respondió que estaba segura. Aparte del hecho de que no se movía y que había intentado zarandearlo en vano, me habló de su coloración. No recuerdo qué expresión utilizó, pero la idea era que tenía el color de un muerto.

–Es solo un detalle, pero Elena afirma que lo llamó por teléfono, que nadie respondió y que usted le devolvió la llamada unos minutos más tarde.

–Es posible, sí. No lo recuerdo, pero puede ser. ¿Tiene importancia?

Ninguna. ¿O quizá sí?

–Ninguna importancia, tiene usted razón. Es una vieja costumbre mía poner las cosas en orden.

–Ahora que lo pienso, sí. Yo estaba atendiendo aquí, en la consulta, y no respondí a la llamada. Volví a llamar al cabo de un rato.

–¿Sabía que era Elena quien lo había llamado?

–Sí, tenía su número guardado. Supongo que porque alguna vez la había visitado, como favor personal.

–¿Cuánto tardó en llegar a casa de los Leonardi?

–Cogí un taxi. No tardé mucho.

–¿Puede describir la escena? Quiero decir: el dormitorio en el que estaba el cuerpo...

Se encogió de hombros.

–No hay mucho que describir, nada relevante, nada fuera de lugar. Vittorio estaba tumbado en la cama con la camisa y los pantalones, sin zapatos.

–¿Llevaba calcetines?

–Creo que sí.

–¿Llevaba corbata?

–No me acuerdo. No, pensándolo bien, quizá no.

–¿Cuál cree que fue la causa de la muerte?

–Colapso cardiovascular. Dicho de otro modo, un infarto.

Casi sin darme cuenta, aguanté la respiración durante un número indeterminado de segundos antes de formular la siguiente pregunta. Colapso cardiovascular, infarto: esas palabras llegaban, rápidas y mortales, directamente de mi otra vida. Del final de mi otra vida. Tuve que sacudir la cabeza para salir de esa apnea de la respiración y la conciencia.

–Después de haber comprobado la muerte, ¿pensó en llamar a los *carabinieri* o a la policía?

–No, no había razón para ello.

¿Qué más podía preguntarle? Incluso asumiendo la más que improbable hipótesis de que en aquella habitación hubiera habido algo fuera de lugar, el médico no se había dado cuenta.

–¿Dónde estaban los zapatos?

–A los pies de la cama, supongo.

–Pero no los vio.

–Un viejo amigo mío yacía muerto en esa cama, no llevé a cabo una inspección minuciosa de la habitación.

El tono, ahora, era exasperado.

Levanté las manos y mostré las palmas, como si quisiera decirle que estaba allí en son de paz. Eran preguntas que tenía que hacer, parte del procedimiento.

–¿Qué ocurrió, en su opinión?

–Se sintió mal, fue a tumbarse en la cama y se quedó allí.

–¿Por qué no pidió ayuda? ¿Por qué no llamó a Urgencias, a usted o a otro colega?

–A veces, los médicos tienden a ignorar sus propios síntomas, sobre todo cuando se trata de cosas graves. Confiamos en la medicina, pero puede que no confiemos demasiado en nuestros colegas. Probablemente ya era demasiado tarde cuando se dio cuenta de lo que ocurría.

–¿Se fijó en si el móvil estaba cerca del cuerpo? ¿En la cama, en el suelo?

–No. No quiero ser descortés, pero repito: estaba de pie frente al cuerpo de un viejo amigo mío que había muerto de repente. No me preocupé de sus bienes personales.

–Por supuesto, tiene razón. ¿Qué hizo después de haber constatado la defunción?

–Llamé a su mujer. Le dije que había ocurrido una desgracia, que Vittorio había tenido un infarto.

–¿Y ella qué dijo?

–Me preguntó si estaba hospitalizado. Le dije que, por desgracia, no habíamos podido hacer nada.

–¿Cómo reaccionó?

–Se quedó callada unos segundos y luego dijo que tardaría unas horas en volver a Milán, porque estaba en la Toscana, cerca de Pisa, creo, o tal vez Siena. Me preguntó si podía llamar a una funeraria mientras tanto.

–¿Y lo hizo?

–Sí, por supuesto. No había nadie más que pudiera ocuparse de ello. No me parecía correcto dejar sola a Elena.

–¿Cuándo llegó la esposa?

–A primera hora de la tarde.

–¿Qué hizo o dijo cuando vio a su marido muerto?

Loporto se lo pensó.

–Tenía una expresión apenada, como si acusara una fatalidad, pero no parecía demasiado entristecida ni desesperada por la pérdida de un ser querido. Pero es posible que yo, de alguna manera, esté mal predispuesto.

–¿Qué quiere decir?

Loporto carraspeó y apretó los labios un momento.

–Permítame comenzar diciendo que no me gusta emitir juicios, sobre todo juicios morales.

Cuando alguien dice algo así, normalmente es porque le encanta emitir cualquier tipo de juicio, sobre todo morales.

–No lo dudo. ¿Y después de esa premisa?

–Se llevaban más de treinta años. Él era un hombre rico y poderoso, ella era una chica guapa, llamativa, que había hecho un poco de televisión, había actuado de extra en un par de películas y había participado en algún que otro concurso de belleza. Es natural pensar que se casaron por razones que no tienen mucho que ver con el amor. No creo que haya nada más que añadir.

–¿Leonardi no estaba enamorado de ella?

–Vittorio tenía grandes cualidades, pero entre ellas no estaba el sentimentalismo. Algunos dirían de él que era poco afectuoso, yo prefiero decir que lo medía todo en términos de poder. Para él, estar con una mujer hermosa y mucho más joven era una demostración de su estatus.

–¿Sabe algo del testamento?

–Lo que su hija me contó.

–¿No habló con él del tema?

–No, no hablábamos de esa clase de cosas.

–¿Sabe quién le comunicó la muerte a su primera esposa?

–La llamé yo después de salir de casa de Leonardi.

–¿Cómo se lo tomó?

–¿Qué puedo decir? Cuando se enteró de la noticia estaba apenada, claro, pero hay que decir que la relación entre ambos era pésima.

–¿Por el divorcio?

–Creo que ella lo odiaba desde mucho antes, en silencio. Era un hombre infiel y comportarse así le parecía natural, como si fuera un derecho. Pensaba que era lo que le correspondía, eso es todo.

–¿Pagaba la manutención?

–Supongo que sí, pero no conozco los detalles.

–¿Y con la hija?

–Dudo que tuvieran mucha relación. Marina fue a la universidad en el extranjero y nunca volvió. Vittorio hablaba poco de ella, casi nada. Solo recuerdo que una vez, hace años, dijo algo así como: «Mi hija me desprecia, pero no desprecia mi dinero». Debió de seguir manteniéndola mucho después de que ella terminara sus estudios.

–¿Sabe si Leonardi tenía algo que ver con la masonería?

–Era masón, todo el mundo lo sabía. ¿Por qué lo pregunta?

–Por ningún motivo en concreto. No hay ningún motivo en concreto para la mayoría de las preguntas que se hacen en estos casos. ¿Qué sabe de su afiliación a la masonería?

–Muy poco. Una vez me habló de ello, pero debió de percibir que la pregunta no me interesaba, de hecho no me gustaba nada, y no volvió a sacar el tema.

–¿Por qué no le gustaba?

–Nunca me ha atraído esa idea de las asociaciones semisecretas y las hermandades de ayuda mutua. Por instinto, pero también por razones políticas: durante años fui miembro del Partido Comunista, cuando aún existía. Sé que no todo es la logia P2 y esas cosas, pero siento una profunda desconfianza hacia ese mundo, me parece muy poco compatible con mi idea de democracia.

Asentí, más o menos era lo mismo que pensaba yo.

Cambió de sitio un pisapapeles sobre el escritorio.

–¿Quiere preguntarme algo más?

–¿Cuándo vio a Leonardi por última vez? En vida, quiero decir.

Lo pensó durante mucho tiempo.

–Debió de ser un encuentro casual, en la calle. Tal vez un mes antes de su muerte, o un poco más.

–¿Cómo estaba, cómo lo encontró en aquella ocasión?

–Normal. Charlamos un rato, nos despedimos y eso fue todo.

–¿No recuerda de qué hablaron?

–De nada en particular. De hecho, ni siquiera puede decirse que habláramos. Dijimos trivialidades. ¿Quién podía imaginar que aquella iba a ser la última vez que nos veríamos?

Los temas sobre los que podía hacerle preguntas se iban agotando y eso me molestaba, porque percibía cierta reticencia por su parte. No entendía hacia qué, no sabía por qué; y tal vez simplemente me equivocara.

–Ha mencionado las infidelidades de Leonardi durante su primer matrimonio. ¿Sabe si siguió comportándose de la misma manera con su segunda esposa?

–No lo sé. Ciertamente durante el primer matrimonio hizo de todo y más. Pero estamos hablando de décadas de vida matrimonial. Cuando se volvió a casar era un hombre mayor y ella una mujer joven y hermosa. Dicho lo cual, todo es posible: siempre estuvo obsesionado con la necesidad de conquistar.

–¿Cuánto hacía que se conocían?

–Toda la vida. Fuimos juntos al colegio y a la universidad. Estudiábamos juntos, jugábamos al fútbol en el mismo equipo, salíamos juntos por la noche.

Hablamos durante otros diez minutos más o menos e incluso intenté volver al tema de la masonería. No parecía saber nada al respecto, así que lo dejé correr.

Me acompañó hasta la puerta.

–Vittorio Leonardi murió de muerte natural, créame. No había nada que pudiera hacer pensar en una hipótesis diferente. No había indicios de lucha, nada que pareciera fuera de lugar y él estaba tumbado en la cama. Tal vez ni siquiera se dio cuenta. Un final que todos querríamos. Entiendo el resentimiento de Marina y su rabia por la injusticia del testamento, pero no ganará la causa yendo en busca de un asesinato inexistente.

–Probablemente tenga razón –le dije al despedirme.

«*Muy* probablemente tenga razón», pensé mientras me iba.

Fuera seguía lloviendo al mismo ritmo implacable.

10

¿Tenía sentido hablar con la primera esposa? Con toda probabilidad no serviría de nada, pero tampoco haría ningún daño. Llamé a Marina y le dije que quería hablar con su madre. Me preguntó por qué y le contesté que no había ninguna razón específica. Pero me interesaba su punto de vista.

–Pero ¿qué puede contarle mi madre de esa mujer? No llegó a conocerla. Y ella y mi padre no tenían ninguna relación desde hacía años.

–Dejemos que lo cuente ella. En el peor de los casos habrá sido una charla inútil.

–De acuerdo. Le digo algo.

Me llamó a los cinco minutos. Si quería, podía ir a casa de su madre de inmediato. Por un momento sentí la tentación de darme aires y decir que de inmediato no era posible, que teníamos que concertar una cita compatible con mis otros compromisos. Entonces pensé que, efectivamente, era una forma de darme aires. Es decir, una debilidad, y bastante patética, además. Le contesté que me parecía bien y le pedí la dirección.

La madre de Marina, exesposa del rico y poderoso profesor Vittorio Leonardi, vivía en un edificio de apartamentos anónimo cerca de Niguarda.

–Rachele Esposito –se presentó, tendiéndome la mano.

Era una mano menuda que mostraba los primeros síntomas de una artritis deformante. Daba la impresión de ir a romperse en cualquier momento, así que traté de moderar el apretón. Entramos en un salón decorado con muebles viejos que olían a cera.

—¿Puedo ofrecerle un café? —preguntó como si cumpliera un deber, una liturgia doméstica inevitable.

Conservaba un hilo, remoto y elegante, de acento napolitano. Acepté y le dije que, si quería, podíamos hablar en la cocina. Respondió que prefería traer el café al salón, que tenía la cocina patas arriba.

Mientras esperaba eché un vistazo a mi alrededor. Todo parecía en su lugar, cosa que se correspondía perfectamente con aquella clase de estancia. Había adornos, fotografías enmarcadas, un par de cuadros colgados de las paredes, y un jarrón alto y esbelto de cristal opaco, de un color azul intenso, que sin duda era el objeto más bonito. Y unas cuantas estanterías llenas de libros. Fui a echar un vistazo de cerca y lo primero que vi fue que no había libros nuevos, ni siquiera recientes. La mayoría eran de los años setenta y ochenta. Una enciclopedia médica, un par de Garzantines, novelas de Piero Chiara y Alberto Bevilacqua, una primera edición de *El nombre de la rosa* y unas cuantas novelas de autores estadounidenses ya olvidados. Ninguno de los volúmenes de aquellos estantes se había publicado en el nuevo milenio. Era como si aquella biblioteca se hubiera detenido en el tiempo, por así decirlo, a principios de los años noventa. Constatarlo resultaba inquietante.

Lo más notable, sin embargo, era una estantería ocupada íntegramente por volúmenes de la colección Medusa de Mondadori. Mi abuela también tenía muchos en su casa, quién sabe dónde habrán ido a parar. Cuando ella murió yo era pequeña y no me interesaban los libros antiguos. Ahora querría tenerlos todos. Aquellas cubiertas —marco verde,

fondo blanco con una cabeza de gorgona en el centro, el título y el autor en negro– me hicieron viajar en el tiempo y
en el espacio. De repente me encontré en el gran salón en
el que la abuela recibía visitas, estudiaba, escuchaba música
(o, a veces, incluso la tocaba ella), escribía y comía. Se había
adelantado en muchas cosas a su época, entre ellas la idea
–es decir, el concepto– de una casa (casi) sin habitaciones.
Había derribado la mayoría de las paredes después de echar
de casa a su marido. No quería que el piso fuera el mismo
en el que había vivido con aquel hombre, el abuelo al que
nunca conocí y del que había oído hablar muy poco, el culpable de algo imperdonable que nunca me será revelado porque no pregunté cuando podía hacerlo y porque ahora ya
no hay nadie que pueda responderme. Todo lo que quedó
fue un dormitorio, un baño y, precisamente, aquel espacio
amplio y subversivo: una especie de bazar que a mí me parecía una puerta abierta al mundo y a la aventura. Nunca,
en ningún otro lugar, he tenido una percepción tan intensa
de las posibilidades de la vida, del futuro, del tiempo. Una
vez, mientras yo estaba allí y ella estaba cocinando –unas
deliciosas patatas fritas, superfinas, que nunca he vuelto a
probar–, puso un disco de Louis Armstrong. Desde entonces, en mi memoria, la banda sonora de esa escena siempre
será *We Have All the Time in the World*.

Tenemos todo el tiempo del mundo.

Ya. Todo.

En aquella gran sala había sofás, cojines en el suelo, un
piano y muchos objetos misteriosos que venían de quién sabe
dónde. Y había libros, que llenaban estanterías hechas de madera oscura, sobria y ricamente veteada. Muchos libros de
todo tipo, en diferentes idiomas. Dispuestos en el ordenado
desorden que caracterizaba a la abuela Penelope. Y allí esta-

ban también los volúmenes de Medusa. Algunos títulos se me han quedado grabados en la memoria, tanto si llegué a leer las novelas como si no. Entre ellos *El enamorado de la Osa Mayor*. Me encantaba, me sugería una sensación de libertad nocturna y cielos interminables, despejados y llenos de estrellas. A veces pasa que un título es tan bonito que tememos estropearlo leyendo el libro. Eché un vistazo más de cerca a la colección de Rachele. De los que recordaba en la biblioteca de mi abuela encontré: *Orgullo de corazón*, de Pearl S. Buck; *A un dios desconocido*, de John Steinbeck; *El cero y el infinito*, de Arthur Koestler. También estaba *Toda pasión apagada*, de Vita Sackville-West. Había empezado a hojearlo cuando Rachele volvió al salón. Llevaba en la mano una bandeja de plata con un azucarero y dos tazas finas de porcelana, de aspecto antiguo.

–Estaba admirando sus libros –dije mostrándole el volumen.

–¿Conoce *Toda pasión apagada*?

–Lo leí hace muchos años. No recuerdo casi nada, excepto que me gustó.

Dejó la bandeja sobre la mesa con un gesto un tanto afectado.

–Inusual en una mujer de su edad. Es una de mis novelas favoritas. La releí el año pasado y creo que me sentí plenamente identificada.

Asentí y volví a dejar el libro en su sitio.

–Tiene una colección preciosa.

–Eran de mi padre. De las pocas cosas que me quedan de él. Me dan una cierta idea de arraigo.

Estaba a punto de añadir algo más, pero sin duda lo reconsideró.

–¿Azúcar? –preguntó.

Tuve una impresión de absoluta irrealidad, como si estuviéramos en un sueño. Duró un momento. Le contesté que lo tomaba sin. Ella se echó una cucharadita generosa y me pareció un gesto de otra época. En cuanto la gente deja de preocuparse por el azúcar, la sal y la grasa, las cosas son –¿parecen?– más fáciles. «Otra banalidad», me dije, archivando la reflexión.

Tomamos el café en silencio.

–Mi hija me ha dicho que es usted investigadora privada.

No creí necesario explicar qué clase de investigadora era ni entrar en detalles. Se lo confirmé asintiendo con la cabeza y le pregunté qué le parecía la idea de investigar la muerte de su exmarido.

–Comprendo el estado de ánimo de mi hija. O al menos lo entiendo en abstracto, porque desde hace tiempo creo que ya no la conozco. Suponiendo que la haya conocido alguna vez. Se fue cuando tenía diecinueve años, siempre ha vivido en el extranjero y en todos estos años solo la he visto unas pocas veces. Sin embargo, comprendo que esté enfadada por el testamento de su padre y comprendo su hostilidad hacia esa mujer. Pero, si quiere usted saber mi opinión, la hipótesis de que ella mató a Vittorio para impedir que modificara el testamento me parece realmente absurda. ¿Qué clase de comprobaciones puede hacer usted? Un médico lo examinó poco después de la muerte y no encontró nada sospechoso. Y, además, ¿cómo pudo matarlo? Estaba fuera de Milán, habría tenido que recurrir a un sicario. Es todo tan... inverosímil.

–Su hija cree que se marchó precisamente para tener una coartada.

Rachele negó con la cabeza, como si aquello fuera una estupidez excesiva, demasiado absurda como para merecer una respuesta, ni siquiera un comentario.

–¿Por qué no me cuenta algo sobre su exmarido? Solo para aclararme un poco las ideas.

Volvió a negar con la cabeza, del mismo modo que antes.

–No veo de qué servirá, pero le prometí a Marina que respondería a sus preguntas. Vittorio Leonardi era un hombre incapaz de sentir afecto, y mucho menos amor. Que Dios me perdone, es muy feo decir algo así de cualquiera, más feo aún cuando se trata de una persona muerta. Por no decir que, encima, el muerto era tu marido, un hombre con el que has convivido durante muchos años. Aunque él no compartiera ni un solo minuto contigo, en el verdadero sentido de la palabra. Como es natural, pensará que estas cosas surgen del rencor de una mujer traicionada, ofendida y ya vieja. Y yo no niego que hubiera rencor y que tal vez resurja. Así que se preguntará usted: «¿Y solo cuando la dejó se dio cuenta de cómo era en realidad?». Sería una pregunta justa y la respuesta sería: «No». Pero la mayoría de las personas somos cobardes. Nos mentimos a nosotros mismos en lugar de afrontar las cosas. Yo prefería cerrar los ojos, ser la esposa del hombre de éxito. Ir con él a cenas importantes, a eventos, a los estrenos de La Scala.

Se interrumpió bruscamente, como si incluso a ella la sorprendiera aquel desahogo.

–¿Trabajaba usted, señora Rachele?

–Era profesora. De italiano y latín, en el instituto. Me gustaba, me gustaban mis alumnos, enseñar es un trabajo de mujeres y hombres libres. Cuando nació Marina, Vittorio me dijo que no tenía sentido que continuara, encima para cobrar cuatro duros. Es extraño, aunque en realidad tal vez no lo sea tanto, pero recuerdo dónde estábamos exactamente cuando hablamos del tema.

Era la segunda vez en pocos días que oía una historia parecida. Mujer que trabaja, hombre que le dice que lo deje, que ya la mantendrá él. El final es casi siempre el mismo, como ya sabemos.

–¿Y qué hizo usted?

Adoptó una expresión de fingida despreocupación, pero los ojos se le llenaron de una tristeza irreparable.

–Acepté. Siempre lo aceptaba todo. Culpa mía, no suya. Sí, el sueldo era modesto. No fui capaz de admitir ante mí misma que renunciar a aquel trabajo era solo el principio de una avalancha que duraría mucho tiempo y que adoptaría diferentes formas.

–¿A qué se refiere?

–Supongo que se lo imagina. A las diversas traiciones, por ejemplo. Me obstiné en fingir que no las veía para no tener que enfrentarme a la realidad y a las decisiones que eso me obligaría a tomar. Me compró, como hizo en otros muchos casos con otras muchas personas a lo largo de su vida. Entre sus defectos no estaba la avaricia. Al contrario, era generoso: probablemente una forma más de ejercer su poder sobre el mundo, de *hacer alarde* de ese poder. Pero sean cuales sean los motivos, era generoso. Cuando nos separamos no me puso problemas en cuestiones de dinero. Ni uno. Durante la separación me dio lo que le pedí y en el momento del divorcio me liquidó pagándome una gran suma.

–Es decir, ¿no le pasaba la manutención?

–No. Fui yo, a través de mi abogado, quien pidió esa solución. Él no se opuso y tampoco me discutió las cifras.

–¿Cuál era la diferencia de edad entre ustedes?

–Yo era dos años mayor que él. Rara vez es buena idea casarse con un hombre más joven. Pero tal vez eso no sea más que un cliché que no tiene nada que ver con lo que estamos hablando: Vittorio habría hecho todo lo que hizo aunque hubiera sido diez años más joven.

Tenía setenta y tres años, señaló. Los aparentaba en su cuerpo fatigado, pero el rostro conservaba la elegancia de la hermosa joven que sin duda había sido en otros tiempos. Tenía los labios perfectamente perfilados, los pómulos altos aún visibles y los ojos verdes aún brillantes. Me pregunté qué aspecto tendría yo a esa edad, en el caso de que llegara. Durante unos instantes perdí el hilo de lo que estaba diciendo y me invadió una oleada de miedo puro.

Rachele continuó:

—Vittorio Leonardi poseía en grado sumo una característica propia de muchos cirujanos de éxito: una especie de sensación, o quizá delirio, de omnipotencia. Se creía Dios, el árbitro de la vida y la muerte. No se imagina usted cómo hablaba de sus pacientes. No eran personas, solo cuerpos sobre los que él ejercía una técnica, siempre intentando superar los límites. Se enorgullecía de realizar operaciones en pacientes incluso más allá de los límites de su consentimiento. El llamado consentimiento informado, qué expresión tan vacía. «Una vez que los he abierto, cuando están dormidos, soy yo quien decide —dijo—. Si hay algo que cortar, lo corto».

La del consentimiento para la cirugía es una cuestión jurídica sutil que escapa a quienes no son expertos en la materia. Desde un punto de vista material, la acción con el bisturí no se diferencia mucho de un navajazo. Lo que la hace legal es la necesidad terapéutica combinada con el consentimiento del derechohabiente, es decir, el paciente. Aparte, claro, de los casos en que los pacientes no están en pleno uso de sus facultades mentales o son menores. El consentimiento, por otro lado, debe referirse únicamente a la intervención específica programada. Si, mientras el paciente está anestesiado, el cirujano procede a hacer una operación distinta, incurre en un delito de daños corporales, salvo que la intervención sea indispensable para salvar la vida del paciente. En un famoso proceso judicial, un célebre cirujano fue acusado y luego condenado por homicidio preterintencional precisamente por haber realizado una operación distinta de la programada sin que dicha intervención fuera requerida por un estado de necesidad. Tras días de agonía, la paciente murió debido a las secuelas de esa operación que había decidido el cirujano, sin su consentimiento, en el quirófano.

–¿Y el doctor Loporto? ¿Qué puede contarme de él?

–Mario era un viejo amigo de Vittorio, se conocían del colegio. Habían ido juntos a la universidad. Cuando Marina era pequeña solíamos vernos, incluso con su esposa e hijos. Luego los encuentros se fueron espaciando, hasta cesar por completo. Al menos los encuentros entre las dos familias, entre ellos dos no lo sé. Volví a verlo en el funeral, después de muchos años.

–Fue él quien la informó de la muerte.

–Sí.

–¿Recuerda lo que le dijo?

–Las palabras exactas, no. Pero básicamente que Vittorio había tenido un infarto y había muerto. Él, y me refiero a Mario, estaba en la casa, lo había llamado Elena. No fue una llamada larga.

–En su opinión, ¿Loporto es un buen médico?

–Supongo que sí. No ha tenido una carrera de éxito, pero creo que es muy buen médico. Vittorio también lo decía, aunque con cierta condescendencia. Si no entiendo mal los motivos de la pregunta, la respuesta es: sí, confío en su diagnóstico. Si hubiera alguna razón, algún indicio visible para dudar de la muerte por causas naturales, Mario se habría dado cuenta.

–¿Y Elena?

–¿Qué quiere saber?

–Nada en particular. Intento formarme una opinión.

–Una mujer inteligente y desafortunada. ¿Conoce su historia?

–Algo me ha contado.

–Aún estábamos casados cuando la contratamos. Era fiable, decente, muy por encima del nivel cultural de otras personas que se dedican a ese trabajo. No sé qué más añadir.

–Espero que no le importe que le pregunte por la segunda esposa.

Esbozó una sonrisa amarga.

–No me molesta. Ya no. Como el título del libro que tenía en la mano hace un momento: toda pasión apagada. Pero no tengo mucho que contarle.

–¿La conoce?

–No. La primera y única vez que la vi fue en el funeral. En el pasado habría dicho que era una putilla, ahora incluso el sonido de la palabra me perturba. Tal vez porque alude a la idea de emitir un juicio moral, que es algo que llevo mucho tiempo intentando evitar en la medida de lo posible.

Loporto había expresado un concepto muy similar y sus palabras no me habían sonado del todo sinceras. En la frase de Rachele, sin embargo, me pareció percibir una dolorosa sensación de verdad.

–¿Por qué putilla? ¿Porque se casó con un hombre por razones que evidentemente no tienen que ver con el amor? –continuó–. Aparte de los primeros años, yo también me quedé con él por pereza, vanidad y comodidad. Entonces, ¿qué autoridad tengo yo para juzgar a esa mujer? Sí, es cierto que al principio yo estaba enamorada de él y que me cuesta un poco imaginar que ella también llegara a estarlo. Puede que en una relación como la que tenían ellos sea más fácil vislumbrar una intención calculadora desde el primer momento. Pero esa no es la cuestión. La cuestión es que, aunque sea de otro modo, ella y yo no éramos tan distintas.

–Es usted muy dura consigo misma.

–No, ya no. Lo he sido y era necesario. Ahora contemplo todo esto con serenidad. Incluso con un poco de tristeza, pero me temo que es inevitable.

–¿Por qué se enamoró de él?

–He leído en alguna parte que lo que nos atrae por primera vez de alguien es, a menudo, lo mismo que con el tiempo nos aleja. En lo que a mí respecta, es cierto. Me sentí atraída por el hecho de que era un cabrón. Me halagaba la estúpida idea de que fuera un cabrón con todos y con todas, excepto conmigo. Y lo que me alejó de él fue darme cuenta de que era un cabrón con todos, con todas y conmigo.

–¿Incluso con su viejo amigo Loporto?

–No de un modo visible. En apariencia era una relación entre dos viejos amigos del colegio, con el bagaje de anécdotas que repetían hasta el infinito.

–¿Y si eliminamos la apariencia?

–Para Vittorio Leonardi, el poder y las jerarquías eran fundamentales. Su forma de ver el mundo y a los demás consistía en distinguir constantemente entre los que estaban por debajo de él, es decir, la gran mayoría; los que estaban a su nivel, o sea, unos pocos; y los que estaban en un nivel superior, en el rarísimo caso de que él admitiera tal posibilidad.

–¿Y Loporto?

–Se encontraba bastante abajo en la escala jerárquica desde la que Vittorio Leonardi contemplaba el mundo y medía a las personas. Ambos lo sabían, aunque jamás llegaran a hablar del tema. Siempre permaneció oculto bajo las cenizas, bajo esa pátina de complicidad, bajo esos rituales un poco lamentables de viejos amigos.

–¿Ha vuelto a hablar con Loporto desde aquella llamada?

–Intercambiamos algunas frases de circunstancias al acabar el funeral.

–Su exmarido era masón, ¿no?

–Sí. Se afilió cuando era muy joven, y creo que su carrera universitaria se benefició bastante de ello.

–¿Puede contarme algo más? No me refiero a la carrera universitaria, hablo de la masonería.

Dejó escapar un largo suspiro.

–No, me temo que no. En algún momento tuve la impresión de que algo había cambiado en su relación con la logia, que había establecido nuevos contactos. Pero era una época en la que ya apenas nos hablábamos. ¿Por qué me pregunta sobre la masonería? ¿Qué tiene eso que ver con la hipótesis de un asesinato?

–Nada. Era para hacerme una idea.

Permanecimos en silencio. Como ya había imaginado, de aquella entrevista no había surgido nada importante, me dije mientras me preparaba para marcharme. Rachele pareció leerme la mente.

–No le he sido muy útil. Lo siento.

Me acompañó hasta la puerta y volvió a darme la mano, mirándome directamente a los ojos con sus ojos verdes.

–Me ha gustado hablar con usted.

–A mí también –dije.

–Disculpe mi atrevimiento, pero parece usted una persona infeliz.

–Es verdad –respondí, casi sin darme cuenta.

–Le haya pasado lo que le haya pasado, no cometa el error que cometí yo. No se apegue a su infelicidad. Nos parece un comportamiento heroico, pero en realidad es una estupidez.

11

La frase con la que Rachele Esposito me había despedido no era de las que se olvidan fácilmente. No puedo decir que le diera muchas vueltas, en el sentido de reflexionar sobre su significado, que por lo demás era bastante obvio. Pero se me quedó en la cabeza del mismo modo que a veces se te queda el estribillo de una canción pegadiza.

Me acosté con esa frase y con esa frase me desperté a las cuatro de la mañana. Intenté volver a dormirme, pero enseguida quedó claro que no lo iba a conseguir: un enjambre de pensamientos revoloteaban frenéticamente por mi cabeza como abejas enloquecidas. Pensé en tomar más gotas y me dije que sería un error, sobre todo a esa hora y con ese zumbido en el cerebro. Así que me levanté, le pregunté a Olivia si quería dar un paseo y ella aceptó, bastante desconcertada pero tolerante. Ya estaba acostumbrada a mis rarezas.

Fuera, no hace falta decirlo, hacía frío, las calles estaban mojadas y desiertas, el cielo lleno de nubes hinchadas y trágicas. Un coche de policía redujo la velocidad al pasar junto a mí y, sin necesidad de darme la vuelta, noté las miradas de los agentes clavadas en mí. Se preguntaban qué estaba haciendo a esas horas en la calle, si tal vez debían pararme e identificarme. Supongo que finalmente decidieron que yo era lo que parecía: alguien que padece insomnio e intenta solucionarlo de la peor forma, es decir, vagando en la humedad helada de la noche, entre luces amarillas y fantasmales.

Las cuatro de la mañana es la hora en que se suelen eje-
cutar las medidas cautelares o, dicho de otro modo, la hora
en que se detiene a la gente. Es el momento en que es más
probable encontrar en casa a los sospechosos: es poco probable que aún no hayan vuelto, es poco probable que ya se
hayan marchado. Recordé las noches en la comisaría o en
el cuartel para seguir la ejecución de medidas cautelares en
las operaciones más importantes. Algo que, por regla general, no hacen los fiscales –que más bien se mantienen apartados de la parte más brutal del asunto– y que, junto con
otras reglas incumplidas, me había dado fama de esbirra
más que de fiscal.

Después de caminar unos diez minutos, después de haber
aplacado al enjambre enloquecido, encendí un cigarrillo e
intenté pensar.

Todo lo que había hecho hasta ese momento había resultado inútil. Me había servido para hacerme una idea algo
más precisa del personaje Vittorio Leonardi, pero como era
previsible no había aportado ningún elemento que apoyara
la hipótesis de investigación.

Me invadió una desagradable inquietud. Había acep-
tado el dinero de Marina asumiendo que no se había producido ningún asesinato con la única intención de retomar
la investigación justo donde la había interrumpido tiempo
atrás. Quería confirmar que el modo desastroso en que había
terminado mi última investigación oficial no dependía de
una fantasía, sino que se basaba en una conjetura verosímil
sobre un fenómeno grave. Que si había destruido mi carrera
y arruinado mi vida era por algo que existía en el mundo
real y no solo en mi sobreexcitada imaginación. Pero, incluso asumiendo que tuviera razón, el tema carecía ahora
de relevancia. Sobre todo porque Leonardi estaba muerto.

Pensé en llamar a Marina para decirle que renunciaba al trabajo y que le devolvía el dinero. Descarté la idea casi de inmediato, pues no tenía ningún deseo de mentirle y, mucho menos, de decirle la verdad.

En presencia de un hecho delictivo, el razonamiento circunstancial consiste en descifrar huellas, señales e indicios para imaginar, *a posteriori*, qué –y quién– pudo haberlos generado. Implica construir una historia verosímil que explique esos rastros, para después buscar las pruebas que lo confirmen más allá de toda duda razonable.

La principal premisa, sin embargo, es precisamente la existencia de un hecho delictivo, que faltaba en el caso de la muerte de Leonardi.

Tenía que razonar como si fuera cierto que a Leonardi lo habían asesinado; tenía que alinear las posibles secuencias de acontecimientos que habían conducido al asesinato. En resumen, para intentar formular alguna hipótesis tenía que eliminar el elemento perturbador que constituía mi creencia de que Leonardi había muerto de un ataque al corazón.

Dejemos a un lado el principio de la navaja de Ockham y aceptemos la hipótesis del homicidio. A la luz de la inexistencia sustancial de rastros apreciables (aparte del cadáver), ¿qué cadenas de acontecimientos son compatibles con esta hipótesis?

Primera posibilidad: Lisa Sereni, la esposa, había echado veneno en una bebida o alimento que sabía que él iba a consumir. ¿Tal vez Leonardi tuviera la costumbre de tomar una copa cuando llegaba a casa y ella hubiera puesto algo en la botella? Tuve que obligarme a no descartar la conjetura por lo que era, a saber, un mecanismo narrativo propio de una novela negra de segunda categoría. No, actuaría de forma disciplinada y unas horas más tarde llamaría por teléfono a

Elena para verificar esta hipótesis: ¿el profesor tenía la costumbre de beber algo por la tarde? ¿Había botellas abiertas o vasos en la cocina, o en algún otro lugar de la casa, esa mañana? Las posibilidades de que Elena me dijera algo útil se acercaban muchísimo a cero, pero aun así yo habría actuado con la mayor escrupulosidad y no habría excluido nada.

Segunda posibilidad: alguien –hombre o mujer– había ido a casa de Leonardi aquella noche y le había administrado una sustancia letal, a instancias de su esposa. Esta línea de pensamiento me pareció un poco menos inverosímil que la primera. Tal vez Leonardi consumiera cocaína; tal vez hubiera recibido la visita de una hermosa muchacha, confabulada con su mujer, que lo había animado a pasarse de la raya –nunca mejor dicho–, a él le había reventado el corazón y ella había desaparecido como por arte de magia (no sin antes haber eliminado todo rastro), lista para aceptar el dinero de su amiga e instigadora. En esa hipótesis, la ausencia de la esposa era a la vez ocasión y coartada. Esta historia, me dije ya en modo conversación interior, también era improbable, pero no del todo absurda. Debía averiguar si Leonardi consumía cocaína u otras sustancias; tal vez pudiera preguntárselo a Loporto. No me sentía demasiado optimista sobre el resultado del intento, pero en el fondo eso era, un intento.

Luego, por supuesto, tenía que investigar a la sospechosa. Hasta ese momento –y solo entonces me di cuenta– ni siquiera había entrado en internet para ver qué cara tenía. Debía echar un vistazo a páginas web y redes sociales en busca de pistas, ideas, contactos que sugirieran algo. Y debía averiguar cómo vivía, con quién se relacionaba, quién era, ir más allá de las opiniones superficiales de las personas con las que había hablado.

El reloj led de una farmacia me informó de que ya eran más de las cinco. Todavía estaba muy oscuro, pero algunos bares empezaban a abrir. Elegí uno al azar, triste, en el que no creía haber entrado nunca. El hombre que estaba detrás del mostrador tenía profundas ojeras y la expresión derrotada de quien lleva demasiado tiempo levantándose demasiado temprano por la mañana. Si lo sorprendió la presencia de una mujer paseando con un perro a esas horas, no lo dio a entender. Pedí un expreso doble, compartí un cruasán con Olivia y le pregunté si le apetecía correr un rato. Dijo que sí, por supuesto. Así que volvimos a casa al trote ligero.

12

Me preparé otro café doble y me senté frente al ordenador para tratar de averiguar algo sobre Lisa Sereni que fuese más allá de las pocas cosas, todas ellas obvias, que me habían contado.

Empecé con Instagram para verle bien la cara. En la foto de perfil –tenía una cuenta abierta, los nuevos seguidores no tenían que enviar solicitud– aparecía el rostro de una chica guapa con expresión seria. Bajo la foto se leía: «Lisa Sereni. Inquieta, actriz (al menos lo he intentado), siempre buscando». Pensé que había cosas mucho peores por ahí y examiné las últimas fotos publicadas. Eran un poco afectadas, pero sin excesos. Ella en el gimnasio, ella en la cocina, ella de compras, ella con amigos y copas de vino tinto. Nada obsceno, ni siquiera vulgar. Capté algo que no era banal en su fisonomía, al menos en algunas de las imágenes. Algo que se me escapaba pero que contradecía el estereotipo en el que me había inspirado para imaginarla. Quizá una cierta melancolía, un sentimiento difícil de falsificar o ocultar; tal vez algo más.

Tenía poco más de tres mil seguidores: una cifra no lo suficientemente baja como para decir que solo eran amigos y familiares, pero tampoco lo suficientemente alta como para decir que Lisa Sereni era popular en Instagram. La mayoría eran hombres con cara de raritos que le escribían frases como: «Eres guapa», «Me gustaría casarme contigo», «Eres la mujer ideal», «Qué maravilla, guapa y lista». Tampoco había nada vulgar ni obsceno en esos comentarios.

Volví atrás en el tiempo para echar un vistazo a la actividad de los días anteriores y posteriores a la muerte de Leonardi. La víspera Lisa había publicado fotos del *spa* –un sitio bastante conocido y caro en la campiña de Siena–, donde había ido aparentemente sola. También había una foto de la mañana en que debía de haber recibido la llamada telefónica de Loporto para comunicarle lo sucedido.

Las publicaciones se reanudaban cuatro meses después. Abundaban los paisajes románticos con citas de poemas. Para encontrar imágenes de un carácter moderadamente sexi –ella frente al espejo con un ajustado jersey que dejaba poco a la imaginación– había que viajar hasta casi un año después de los hechos. Ni una foto con novios u hombres en general. Alguna foto en la playa durante el verano de aquel año. «Buen cuerpo, delgada pero sin exagerar», pensé. Era obvio que se había operado los pechos, pero con cierta sobriedad, sin implantes hipertróficos de cómics manga.

En vista de que en Instagram no había nada interesante, decidí intentarlo en Twitter, aunque sin demasiadas esperanzas. No me parecía una persona de Twitter: alguien ha dicho de esa red social que solo hay políticos y periodistas que quieren saber lo que dicen otros periodistas sin leer sus artículos. No tenía cuenta, como tampoco la tenía en TikTok. En cambio, sí tenía cuenta en Facebook, pero de hecho la había abandonado más de cuatro años antes, en el sentido de que desde entonces no había ninguna actividad.

Recurrí a Google y descubrí que Lisa Sereni había trabajado como presentadora en algunos programas de televisión locales, que había tenido algún que otro papel (de figurante y poco más) en películas de las que yo nunca había oído hablar, que había presentado eventos en varias ferias del noreste del país y que había hecho algún anuncio, el más significativo de ellos –junto con otras chicas– para una conocida marca de ropa interior.

Me rendí por el momento. Cerré el portátil y me dije que, en caso necesario, ya haría una búsqueda más exhaustiva, que tal vez incluso pudiera pedir ayuda a alguien con más conocimientos que yo.

A la espera de una hora aceptable para telefonear a Elena y Loporto me dediqué a algunas tareas domésticas. Ventilé la casa, hice la cama, ordené la cocina y limpié el baño. En general, la gente odia estas tareas; para mí –a veces, por lo menos–, son una especie de meditación zen. Me absorbe por completo la esencialidad de los gestos, hago las cosas con extremo cuidado y atención, soy consciente de mi cuerpo en relación con los objetos del mundo y, cuando termino, por unos instantes me siento casi en paz.

Llegaron las nueve y les envié un mensaje a los dos. Buenos días, era Penelope Spada, necesitaba un par de aclaraciones, ¿cuándo podíamos hablar? Elena respondió al cabo de muy poco y me dijo que por ella en aquel mismo momento, si quería.

–Buenos días, Elena, todavía tengo algunas preguntas rápidas, no tardaré mucho. Probablemente sean inútiles, pero se las hago de todos modos y así me lo quito de la cabeza.

–Adelante, no tengo prisa.

–¿Por casualidad vio aquella mañana algún indicio de que el profesor había recibido a alguien? No sé, tazas de café, vasos, colillas...

–No, no había nada. Todo estaba como yo lo había dejado el día anterior. Tampoco es que hiciera una inspección, pero si hubiera habido indicios de una visita, como tazas, vasos o cigarrillos, lo cual es imposible, porque el profesor no dejaba que la gente fumara en casa, por supuesto que me habría fijado y se lo habría comunicado al doctor Loporto. Si quiere mi opinión, el profesor regresó y se encontró mal casi de inmediato, aunque a lo mejor ya se encontraba mal mientras volvía a casa. Fue a tumbarse un rato y ya no se levantó.

–Es probable. Y ya que lo menciona, ¿cómo volvía el profesor por la noche? Quiero decir: ¿con qué medios? ¿Lo acompañaba alguien?

–A veces, sobre todo años antes, pero por lo general volvía con su coche. Lo aparcaba en un garaje cercano.

Estaba a punto de preguntarle si había ido a echar un vistazo al coche, pero me contuve. Era una pregunta sin sentido, no estaba interrogando a un oficial de la policía judicial que había intervenido en la escena del crimen. ¿Por qué tendría que haber mirado en el coche?

–Que usted sepa, ¿el profesor consumía alguna bebida alcohólica? ¿Vino, cerveza, licor?

–Durante la cena, si tenían compañía, sí. A veces invitaban a sus amigos y yo me quedaba para ayudar a la señora; solía haber vino en la mesa. Además, en casa tenían un mueble bar con toda clase de licores, pero no recuerdo que bebiera nada cuando estaba solo.

Pensé en preguntarle sobre el posible consumo de medicamentos. Decidí no hacerlo, no sé muy bien por qué razón. No poder entenderlo me dejó algo intranquila, como si se me hubiera escapado un detalle importante.

Cuando terminé la llamada con Elena encontré el mensaje de Loporto. Decía que me llamaría él al cabo de una media hora, ¿podía adelantarle de qué quería hablar? Le contesté que quería pedirle más detalles sobre los hábitos de Leonardi y que podía llamarme cuando le viniera bien.

–Soy Loporto.

–Buenos días, doctor, gracias por su disponibilidad.

–¿Qué necesita?

Preferí no andarme por las ramas.

–¿Sabe usted si Leonardi consumía, aunque fuera de manera ocasional, estupefacientes?

Al otro lado de la línea se hizo un largo silencio y yo tuve la impresión –suele pasar en las investigaciones; unas veces esa impresión es fundada y otras no– de que había marcado un tanto tan improbable como decisivo.

–Doctor, ¿está usted ahí?

–Sí, disculpe. Hace mucho tiempo, Vittorio me contó que había probado la cocaína. Es algo que había olvidado por completo, la verdad es que han pasado muchos años. ¿Por qué me hace esa pregunta?

–Después de aquella vez, ¿volvió a hablarle del tema en alguna ocasión?

–No.

–¿Cuáles son los efectos de una sobredosis de cocaína?

Conocía muy bien la respuesta, pero quería que me la proporcionara él. Y que se la proporcionara a sí mismo.

–La isquemia y el infarto agudo de miocardio son las patologías que se relacionan más frecuentemente con el abuso de cocaína –respondió, como si leyera un libro de medicina.

–¿Sabe si Leonardi sufría enfermedades cardiovasculares?

–No que yo sepa. Pero eso no quiere decir nada.

–¿Por qué?

–Porque el profesor solo lo habría hablado con su cardiólogo y solo en el caso de que el problema fuera grave. Rechazaba la idea de la debilidad, de la enfermedad, de la fragilidad. Me refiero a que las rechazaba en lo que a él respectaba, naturalmente.

–Uno de los rasgos típicos del narcisismo.

–Sí.

–Usted dijo que la causa más probable de la muerte de Leonardi fue un infarto. ¿Podría haberlo provocado una sobredosis de cocaína?

–En teoría, sí.

–Supongo que es inútil que le pregunte si, esa mañana, vio usted algo que pudiera sugerir consumo de estupefacientes.

Casi me pareció verlo sacudir la cabeza.

–No, no había nada.

–En el caso de que Leonardi hubiera consumido cocaína antes de su muerte, ¿lo habría establecido una autopsia?

De nuevo, sabía la respuesta.

–Sí. Pero ¿por qué cree que había consumido cocaína?

–Una conjetura, para no dejar piedra sobre piedra. Una última cosa: ¿sabe si Leonardi consumía fármacos para la disfunción eréctil, como Viagra, Cialis y similares?

–No lo sé. Francamente, no me parece improbable. Era un hombre digamos muy adulto, casi anciano, con una joven esposa. Nunca me habló de ese tema, pues es algo que tampoco le habría confesado a nadie, pero, si tuviera que apostar, diría que sí.

–Mezclar Viagra o similares y cocaína aumenta el riesgo isquémico, ¿verdad?

–Sin duda alguna.

13

Habían pasado cuatro días. Alessandro no me había escrito, no me había llamado y ni siquiera lo había visto en el parque cuando había ido a entrenar. Le envié un mensaje prudente: «Hola, solo quería saludarte, ¿qué haces?».

Respondió inmediatamente. Estaba en el centro de la ciudad, dentro de poco pasaría por la librería Rizzoli, en la galería Vittorio Emanuele II. ¿Me apetecía que nos viéramos allí, si no estaba ocupada? Me apetecía, así que veinte minutos más tarde nos encontramos frente a los escaparates y entramos.

–¿Tienes que comprar algo?

–No, vengo aquí porque me gusta estar entre libros. Me calma la ansiedad. Aunque siempre acabo comprando algo. ¿Te gustan las librerías?

–Me gustan, o quizá me gustaban. Desde hace unos años ya no entro tan a menudo.

–¿Qué lees?

¿Es posible que una pregunta tan simple te incomode? Deberíamos saber qué leemos. Pero yo no lo sabía, ya no. Mientras buscaba una respuesta aceptable tuve la percepción, aguda y perturbadora, de que no tenía conciencia de nada. De que vivía en la superficie desierta de las cosas.

–De joven me encantaban los escritores sudamericanos. Ahora las historias de esas novelas me parecen muy lejanas. Las sigo leyendo, pero es como si no me quedara nada.

–¿Conoces este? –dijo, cogiendo un volumen.

El placer de mi compañía, de Steve Martin.

−¿Es el actor?

−Sí. Entiendo la mirada de desconfianza, pero permíteme regalártelo y prométeme que lo leerás. Luego me cuentas.

Seguimos paseando entre las estanterías y charlando.

−Este es interesante.

Señaló un pequeño volumen azul de la Piccola Biblioteca Adelphi. *Acerca de comer carne*, Plutarco.

−¿Es el mismo Plutarco de las *Vidas paralelas*?

−El mismo, sí.

−¿Eres vegetariano? ¿Vegano?

−Vegetariano: como huevos y queso.

−¿Desde cuándo?

−No hace mucho. Unos cuatro años. Durante un tiempo estuve ayudando a unos chicos que llevan un centro para perros abandonados. También acogen a otros animales sin dueño. En ese centro me hice amigo de una cerdita llamada Peppa. Creo que estaba bajo custodia judicial, que la había llevado allí la policía: se la habían requisado a un tipo arrestado por mafioso que la tenía como mascota. No tienes ni idea de lo sociables e inteligentes que pueden ser los cerdos. Al poco tiempo me resultó imposible comer carne de cerdo. Luego me puse a pensar en ello y me pregunté: ¿por qué no como cerdo pero ternera sí? Me acordé de lo que le decía a mi madre una amiga holandesa, que ya era vegetariana cuando aún se consideraba raro. «Comes ternera de ojos dulces». En resumen, que dejé de comer cualquier tipo de carne.

−¿Y pescado?

−Vi un documental sobre pulpos. Al parecer poseen una inteligencia increíble: pueden abrir tarros con cierre de seguridad, saben orientarse en un laberinto, son capaces de recordar cómo resolvieron un problema tiempo atrás. Parece que también sueñan. **Dejé de** comer pulpo, después de lo cual no comer pescado se convirtió en algo natural. Y aquí estoy.

–No sé si es la forma correcta de plantear el tema. A mí me gusta la carne, me gusta el jamón, me gusta el salchichón y, especialmente, me gusta toda clase de pescado. El ser humano siempre ha comido carne y pescado. No soy una fanática de las cosas naturales, pero vamos, comer carne es una cosa natural. Existen cientos de especies que viven de comerse a otros animales. No se cuestionan si tienen o no el derecho a hacerlo.

–Yo tampoco creo que lo natural sea preferible en sí mismo. Las epidemias son naturales, los terremotos son naturales, las inundaciones son naturales. Y entiendo tu argumento. Es cierto: los hombres primitivos primero y luego los que criaban animales para sobrevivir, los pueblos dedicados a la pesca... todos *tenían* que comerse a otros animales para sobrevivir. Y, no hace falta decirlo, leones, tigres, lobos, zorros tienen que comerse a otros animales. Es indispensable para su supervivencia.

–¿Entonces?

–¿Pero tú y yo? No somos lobos ni tigres; ellos no pueden elegir si comer carne o no. Del mismo modo que tampoco podían elegirlo los hombres primitivos. Tú y yo vivimos en Italia en 2019, y alimentarnos sin carne, e incluso sin pescado, no solo no supone un peligro para la vida, sino que ni siquiera es un peligro para la salud. Por lo tanto, somos nosotros quienes *decidimos* comer a otros animales. Comemos, o mejor dicho, coméis ternera de ojos dulces.

Me fastidia no saber qué replicar. Me di cuenta de que me estaba poniendo nerviosa. Y no me parecía bien ponerme nerviosa, lo cual me ponía aún más nerviosa.

Él continuó:

–Hay quien dice que la vida inteligente vale más que la vida no inteligente o menos inteligente. Es un argumento más bien desagradable, pero aceptémoslo un minuto. ¿Cuál es el criterio para definir la vida inteligente? ¿Y cuál es el criterio para establecer jerarquías de inteligencia?

–Explícate mejor.

–Un lechón es mucho más inteligente que un niño de unos pocos meses. Tiene una mayor capacidad para resolver problemas prácticos. Puede manipular un teclado para obtener el resultado deseado. Es capaz de memorizar viajes largos en busca de algo que ya conoce. No te puedes imaginar cuántas cosas es capaz de hacer. Según algunos estudios, la inteligencia de un cerdo es igual a la de un niño de tres años. Algunos creen que los cerdos son incluso más inteligentes que los perros.

–¿Así que tu argumento es que no podemos comer animales inteligentes? ¿Porque es inmoral?

–No tengo las ideas tan claras. Ya te dije que mis opiniones son escasas e inciertas. No me gustan los vegetarianos o veganos que reivindican la superioridad ética de su elección. En ciertos extremismos veo todo lo contrario de la ética. Los argumentos racionales y las reflexiones éticas son parte del problema. En lo que a mí respecta, la elección de no comer animales tiene que ver con las emociones casi lo mismo que tiene que ver con la racionalidad y la ética. No sentimos emoción ni repugnancia ante una buena hamburguesa. Pero, si presenciamos el espectáculo de un ternero que forcejea mientras lo arrastran, bueno, es posible que nos entre alguna duda. Si no hubiera conocido a Peppa, y no hubiera visto ese documental sobre pulpos, creo que los excelentes argumentos racionales a favor de optar por no comer animales no me habrían convencido.

Me habría gustado contestar algo, pero no era fácil ante un argumento urdido de ese modo. ¿Cómo luchar con un oponente que se te escapa de las manos mientras tratas de atraparlo y, después de unos momentos, aparece en otro sitio?

—Lo que quiero decir es que no tengo certezas. Pero se me han pasado las ganas de comer carne, aunque a veces me entra nostalgia de una buena loncha de jamón serrano o San Daniele.

Paseamos un poco más por la librería. No sabía enfocar la situación y me aparecieron en la mente, escritas en letras grandes —algo que a veces me ocurre—, las palabras «circunspección cordial».

Exacto, él se mostraba cordialmente circunspecto. Hablaba y se esforzaba por no hacerme preguntas, por no tocar temas que pudieran molestarme. Una consecuencia de mi respuesta a su pregunta sobre lo que hacía para ganarme la vida.

Se dirigió a la caja para pagar el libro que había decidido regalarme y salimos.

Me sentí obligada a decir algo:

—Era fiscal, pero luego pasaron cosas y tuve que dejar ese trabajo.

Asintió sin añadir nada.

—Ahora me dedico a otra cosa, quizá algún día te lo cuente.

—De acuerdo —dijo, entregándome el libro—. Tengo que irme corriendo, nos vemos en el parque.

Se fue y me quedé de pie frente al escaparate, con la novela en la mano.

Tal vez está casado, tal vez tiene una familia y se marcha corriendo porque tiene que volver a casa. Tal vez por eso no intenta ligar conmigo. Es simpático, amable, puede que incluso le caiga bien, pero no tiene intenciones de llevarme a la cama. A veces pasa, no es cierto que todos los hombres piensan solo en eso. Muchos, sin duda; la mayoría sí, pero no todos. Es frustrante conocer a tantos hombres primitivos, incapaces de matizar, predecibles (sabes exactamente lo que harán en cada momento concreto del ritual; sabes exactamente qué botones pulsar para obtener las reacciones que deseas), que no te importan en absoluto, hombres con los que follas solo en busca de una confirmación cada vez más rancia, solo para narcotizar tu angustia. Es frustrante, como decía, conocer a tantos hombres así y darte cuenta, cuando por fin aparece uno que te interesa, de que eres incapaz de descifrarlo.

Ese vaivén de pensamientos obsesivos me acompañó hasta casa, hasta la noche, hasta que me fui a la cama. Y en la cama, por primera vez en años, me masturbé pensando en un hombre. Me refiero a un hombre de verdad, no a un maniquí porno imaginario. Un hombre al que realmente deseaba.

Hacía mucho tiempo que los espasmos de mi cuerpo no eran tan violentos y, al mismo tiempo, tan dulces y cargados de melancolía.

Cinco años antes

La audiencia terminó antes de lo previsto: había errores de notificación en varios expedientes y el tribunal se vio obligado a aplazarlo casi todo. De hecho, solo se celebraron completos dos juicios con detenidos. Uno por tráfico de éxtasis y otro por extorsión. Ambos habrían pasado sin pena ni gloria de no ser porque el acusado en el juicio por tráfico de estupefacientes era un espectáculo en sí mismo. Era un tipo que parecía regurgitado a la actualidad directamente desde finales de los años sesenta. Llevaba pantalones anchos de tela india, sujetos a la cintura con un cordel, una camiseta con un chaleco peruano encima, gafas estilo John Lennon y un collar con un medallón de cuero. Tenía el pelo largo, canoso –pasaba de los sesenta– y no parecía precisamente recién lavado. Lo mismo que él no parecía precisamente recién salido de la ducha.

Lo acusaban de tráfico de drogas y de intrusismo profesional en el ámbito médico. Recibía en su estudio a personas que habían sufrido algún trauma o a parejas en crisis y les ofrecía una terapia basada en la meditación, el yoga biodinámico –fuera lo que fuese– y la administración de éxtasis.

Se sometió al interrogatorio y, respondiendo únicamente a las preguntas de su abogado, explicó que él no traficaba, sino que curaba; que nunca había vendido drogas; que la administración ocasional de éxtasis formaba parte del camino de renacimiento de sus clientes; que incluso la llamada medicina oficial utilizaba el éxtasis en las terapias de pareja.

Luego me tocó a mí repreguntarle.

—¿Es usted médico?

—Soy terapeuta de medicina alternativa.

—Medicina alternativa. Eso está bien. Pero, quiero decir, ¿es usted licenciado en Medicina?

—Estimada señora, para mí los títulos de estudio no tienen valor legal. Los chamanes no tenemos títulos, pero somos capaces de tratar holísticamente las dolencias humanas, para reconducir a los vivos hacia el principio de armonía con el todo. He leído los cargos de los que se me acusa: las imputaciones contienen errores flagrantes.

Reconozco que empezaba a divertirme.

—¿Qué errores?

—En primer lugar, no ejerzo la medicina, ejerzo el chamanismo. Que se pueda producir tal confusión me parece absurdo, como ya dije cuando me interrogaron. En segundo lugar, no he traficado con nada.

—En realidad, la acusación dice que proporcionó repetidamente drogas del tipo éxtasis. Tenemos declaraciones de varios testigos, usted también las ha escuchado, y luego está la incautación de sustancias en su casa cuando llegó la policía fiscal. ¿Se acuerda?

—No he proporcionado nada. Se proporciona algo cuando se vende. Yo he utilizado esa sustancia en casos necesarios, administrándola a personas que me pedían ayuda. La administración forma parte de un procedimiento complejo, no espero que lo entienda usted, cuyo objetivo es restaurar la afectividad, la sociabilidad y el sentido de unión con el universo.

—¿Recibía usted algún tipo de remuneración por esa... restauración del sentido de unión con el universo?

–Nunca recibí ningún pago.

–Varios de sus testigos, de sus... cómo llamarlos... pacientes... afirman haberle entregado sumas de dinero.

–Reitero: nunca he recibido pago alguno por mi práctica chamánica, que por supuesto es gratuita. De vez en cuando alguien decide colaborar en la labor investigadora de mi asociación, pero esas cantidades no eran una retribución por mi trabajo, eran donaciones.

Continuamos unos minutos más hablando del sentido de unión con el universo y de las sustancias iniciáticas. Parecía un pasatiempo interesante para huir del aburrimiento de la audiencia, pero en un momento determinado empecé a percibir cierta impaciencia por parte del presidente del colegio. No se equivocaba. Las chorradas, cuanto más breves, mejor. Así que zanjé un tema que, no hace falta decirlo, no tenía la menor relevancia para el juicio ni servía para probar los hechos. Que, dicho sea de paso, ya estaban ampliamente probados.

El abogado pidió un examen psiquiátrico de su cliente para determinar la incapacidad por afectación del entendimiento o de la voluntad. Le respondí que la excentricidad no tiene nada que ver con la afectación del entendimiento o de la voluntad y me opuse a la petición. Se rechazó la solicitud, pronunciamos nuestras conclusiones y el tribunal, tras retirarse a deliberar durante unos diez minutos más o menos, condenó al chamán por todos los cargos y levantó la sesión.

Eran poco más de las cuatro, me dije que no valía la pena volver a casa. Pasé un par de horas redactando solicitudes de archivo de expedientes que llevaban demasiado tiempo en el armario y a las seis y media en punto subí al coche que había venido a buscarme para llevarme a comisaría.

14

El del domingo no fue un gran despertar; rara vez lo es. Cabe preguntarse en qué se diferencia del despertar del resto de los días para quien no tiene un trabajo fijo. O quizá sería más correcto decir para quien no tiene un trabajo de verdad. Sin embargo, ciertos ritmos, ciertos flujos de humor son difíciles de destruir incluso cuando todo lo demás ya está destruido. El domingo es la lupa perfecta para la angustia que arrastras, más o menos domesticada, los demás días de la semana.

Tienes que reaccionar, no sea que te absorba. ¿O te arrolle? Quién sabe cuál es la palabra correcta.

En fin, después de sacar a Olivia, me preparé una tortilla con mermelada de arándanos, un zumo de naranja y un café. Comí tratando de disfrutar del desayuno, fumé mi primer cigarrillo del día, me duché y me vestí.

–¿Vamos a hacer una inspección, colega?

Olivia no tenía nada que objetar, al contrario. Abandonó el hueso de piel de búfalo con el que estaba jugando y se dejó poner la correa mientras sacudía la cola con vigor. Cuando salimos, me di cuenta de que el tiempo había mejorado y de que el sol se abría paso de vez en cuando entre las nubes de noviembre. Mi estado de ánimo también mejoró.

Lisa Sereni vivía en vía de Moscova. Un agradable paseo desde mi casa: al menos media hora a buen ritmo cruzando todo el centro de la ciudad. En el camino Olivia rechazó el tosco cortejo de un labrador, mientras yo me encontraba a un tipo con el que había salido unas cuantas noches hace unos años; no había sido una experiencia inolvidable, de hecho ni siquiera recordaba su nombre. Me dijo que me llamaría para tomar una copa. Le respondí que me encantaría, pero no le informé de que había cambiado de número de teléfono.

El edificio era un elegante bloque de pisos de principios de los sesenta y hasta tenía un cartel que indicaba el horario de conserjería. En circunstancias normales, el conserje sería la primera persona a interrogar –¿por casualidad había visto a alguien subir a casa del profesor la noche antes de su muerte? Y cosas así–, pero nadie podía garantizarme que no subiría inmediatamente a contárselo a la persona interesada. Tomé nota mental de la cuestión y miré a mi alrededor para buscar un lugar idóneo desde el que vigilar el portal. No tenía un plan concreto; de hecho, no tenía ningún plan. Después de haber visto a la viuda en fotografías, quería verla en persona. Si se daban las circunstancias necesarias, tal vez la siguiera para ver dónde iba, qué hacía, con quién se relacionaba. Tal vez todo eso me sugiriera alguna idea. O tal vez no, pero no tenía muchas alternativas.

Me di cuenta casi de inmediato de que para ese tipo de vigilancia no podía usar un bar, pues el más cercano estaba a unos cien metros del portal del edificio. Decidí ser escrupulosa y me senté a tomar un café en una de las dos mesas al aire libre. La vista desde allí era realmente pésima, hacía frío y pasar mucho tiempo sentada en un establecimiento que tenía tan pocas mesas era una forma estupenda de llamar la atención, quizás incluso la de alguno de los *carabinieri* que trabajaban en el puesto cercano.

La única posibilidad seria era utilizar un coche y aparcarlo en la acera de enfrente, no exactamente delante del número de la casa, pero en algún sitio que no me obligara a hacer complicadas contorsiones para poder ver.

Decidí alquilar un coche compartido: se pueden aparcar en cualquier parte de la ciudad y pasan desapercibidos. Como los taxis.

Si se quiere seguir a alguien reduciendo al mínimo el riesgo de ser descubierto, lo mejor es pedir prestado un taxi. Es la manera ideal de volverse invisible, o casi. Nadie se fija en los taxis, al menos en las zonas céntricas o semicéntricas de una ciudad como Milán. La cosa cambia cuando se está en barrios como Quarto Oggiaro o Barona.

Emprendí el camino de vuelta pensando en los detalles de lo que haría al día siguiente, de cómo lo haría. En realidad, más bien creía estar pensando en los detalles. En estos casos suelo distraerme y mi mente se va a otras cosas periféricas. O tal vez centrales sin que yo sea consciente de ello.

Recordé la época en que dos viejos agentes de la policía judicial me enseñaban técnicas de seguimiento. Fue durante las prácticas; cuando intento recordar esa época de mi vida, me parece la más irreal de todas. Aquel entusiasmo lleno de alegría y rabia es la emoción más esquiva en mi memoria, la más ajena y distante. Por todo lo que pasó después, supongo; pero también por la inconcebible enormidad de una excitación que era también, como muchas otras cosas, una patología. Como el enamoramiento, que para Freud era el trastorno más cercano a una psicosis. Ni siquiera ahora consigo escuchar Radiohead, en concreto *Creep* y *Karma Police* –mi banda sonora de aquellos años–, sin sentir una nostalgia amarga, una inquietud insoportable, una incurable sensación de pérdida.

Me ponía de acuerdo con los policías y salía con ellos para participar en las operaciones de OSC (Observación, Seguimiento y Control) de camellos, intermediarios de extorsión, usureros. El fiscal adjunto que supervisaba mis prácticas permanecía totalmente ajeno a todo. Era un excelente magistrado garantista (demasiado para mis gustos de jovencita dispuesta a atrapar a los malos de una forma u otra, sin dejar que las normas y formalidades me lo impidieran), vinculado a la asociación Magistratura Democrática, cuyo objetivo era separar las funciones del fiscal y de la policía judicial. Que, por otro lado, era lo justo. Pero a mí me gustaba mezclar esos papeles. Disfrutar de la feroz diversión que era cazar delincuentes en plena calle como un policía, pero siendo fiscal, es decir, magistrado, con la autonomía privilegiada que esa función conllevaba (debido a las reformas de unos años más tarde, las cosas cambiaron: los fiscales adjuntos ya no son tan autónomos y no parece que el mundo haya mejorado gracias a ello, pero esa ya es otra historia).

El seguimiento de manual requiere un equipo de investigadores que se turnan para seguir a la persona «objeto de atención», como se dice en la jerga policial; de ese modo se reduce el riesgo de que la persona seguida empiece a sospechar (un riesgo muy alto cuando se trata de terroristas o delincuentes profesionales) y frustre la actividad. Eso en un mundo ideal, porque, en el real, los equipos no tienen personal suficiente y el seguimiento, como muchas otras cosas, se hace con los medios de los que se dispone.

Seguir a una persona no es delito y no requiere una autorización específica si la actividad se desarrolla en un lugar público sin que el destinatario se dé cuenta y perciba ese seguimiento como una molestia o, directamente, una forma de acoso.

El inspector Mucci –uno de los dos policías que me enseñaron un poco el trabajo oculto tras los expedientes que llegan a la mesa de un fiscal– decía: «Hay que establecer la distancia en función de la velocidad del sujeto vigilado y del lugar en el que se encuentra. No es lo mismo seguir a alguien en una calle llena de gente que en un jardín o en una plaza desierta. Como en el boxeo –Mucci había sido boxeador aficionado–, un buen seguimiento es una cuestión de ritmo. Si el sujeto objeto de la vigilancia se vuelve o se detiene a mirar un escaparate, hay que adelantarlo, continuar unos metros y detenerse también a mirar un escaparate. Los escaparates, además, se pueden utilizar como espejos para una vigilancia discreta. La regla general de la observación, seguimiento y control es actuar como si alguien –no necesariamente el vigilado– nos estuviera observando. Si creemos que el objetivo tiene alguna sospecha, hay que retirarse inmediatamente».

Yo añado: al mismo tiempo hay que comportarse de forma espontánea. Como en los juegos de prestidigitación.

Un seguimiento en el que me hicieron participar terminó con la detención flagrante del sujeto vigilado. Era el intermediario de una extorsión y yo no tendría que haber estado allí (el asunto se le ocultó a mi supervisor), pero estaba y ayudé a los policías a detener al tipo, a inmovilizarlo mientras trataba de liberarse. Disfruté del sabor físico, acre y primitivo de la caza y la captura. No tendría que haberlo hecho, como no tendría que haber hecho muchas otras cosas después. Pero tal vez entonces ya estuviera todo decidido.

Al día siguiente, a eso de las ocho, cogí un coche de alquiler compartido y llegué a vía de Moscova. Tuve que dar vueltas a la manzana durante más de media hora hasta que encontré un lugar adecuado para mis propósitos, pero finalmente aparqué el coche, me senté en la posición más cómoda para observar y saqué de mi mochila *El placer de mi compañía*, de Steve Martin, el libro que me había regalado Alessandro y que yo había traído para hacer la espera menos aburrida.

Tres horas, unas cincuenta páginas (de esas que te hacen pensar que te gustaría conocer al autor) y varios cigarrillos después, habiendo visto toda clase de hombres y mujeres entrar y salir del portal, pero nadie que se pareciera aunque fuera vagamente a Lisa Sereni, decidí que ya era suficiente y que lo volvería a intentar por la tarde.

Volví sobre las cuatro y esta vez tuve suerte con el aparcamiento; poco después tuve suerte también con mi objetivo. Acababa de abrir el libro cuando Lisa Sereni –era ella, sin la menor duda– salió del edificio. Llevaba el pelo recogido en una coleta que le daba un aire muy juvenil; vestía un anorak y, debajo, una sudadera gris, como si fuera al gimnasio, pero no llevaba mochila ni bolsa de deporte. En lugar de eso tiraba de un carrito de la compra de aspecto anticuado y alegre que despertó de inmediato mis simpatías.

Salí del coche cogiendo la bolsa con mi ropa para seguimiento, le di treinta metros de ventaja y luego empecé a seguirla. Caminamos durante siete u ocho minutos hasta que llegamos a un supermercado ecológico de la misma cadena que el que estaba cerca de mi casa, donde solía abastecerme de todo lo necesario. Ella entró, yo me puse un impermeable de color claro sobre la chaqueta negra, unas gafas graduadas –falsas pero llamativas– y un sombrero de fieltro en la cabeza. Luego la seguí al interior.

Los supermercados son buenos lugares para observar a los sujetos vigilados. Nadie se fija en los demás, a menos que tropiece con ellos. Así que pude acercarme, observarla bien

–era realmente guapa y aparentaba aún menos edad de la que tenía– y prestar atención a lo que elegía. Fue como si estuviera usando una lista de la compra escrita por la mismísima Penelope Spada: nueces, kéfir, aceite de sésamo, quinoa, semillas de chía, col rizada, té verde. En un momento dado cogió de un estante una salsa picante coreana, muy buena, cuya existencia creía conocer solo yo en toda Lombardía y alrededores. Yo también aproveché para procurarme la cena. Compré menos que ella, pero al final nuestros carritos parecían los de dos integrantes de la misma secta de fanáticos.

Incluso estuve tentada de hablar con ella acerca de algunos productos, pero me contuve: no hay que exagerar, es precisamente la propensión incontrolada a hacerlo lo que me ha complicado –me encantan los eufemismos– la vida.

Llegamos a la caja casi juntas y en el momento de pagar me entretuve deliberadamente con la tarjeta de crédito para darle ventaja: no había riesgo de perderla durante el trayecto de vuelta.

Diez minutos más tarde ella llegó a casa y yo me di cuenta de que alguien se había llevado mi coche alquilado. Estaba buscando con la aplicación otro coche en las inmediaciones cuando vi salir de nuevo a Lisa, esta vez con una mochila.

Caminó unos diez minutos más sin mirar atrás ni a su alrededor y llegó a un gimnasio de aspecto lujoso en el que yo nunca había reparado, aunque estaba en vía Senato, una calle por la que pasaba a menudo.

Ella entró y yo me quedé fuera, preguntándome qué hacer.

¿Quizá fuera buena idea apuntarse al gimnasio? El propósito de tal movimiento no estaba claro, en primer lugar para mí. La cuestión es que, en determinados ámbitos, casi nunca existen movimientos cuyos resultados seamos capaces de predecir con exactitud. Nos limitamos a hacer algo con la esperanza de que nos conduzca a algo más y así sucesivamente. Son apuestas, pequeñas o grandes, se sea consciente de ello o no. La única regla es hacer, en la medida de lo posible, apuestas de bajo riesgo, de esas que si se pierden no pasa nada demasiado grave, y evitar las que pueden causar pérdidas irremediables.

Apuntarse al gimnasio no parecía una apuesta demasiado arriesgada, me dije mientras caminaba hacia la entrada.

15

La chica de recepción parecía de plástico. Me recordó a ciertas dependientas que trabajaban en la tienda de Abercrombie & Fitch cuando la marca estaba muy de moda. Eran todas jóvenes, guapas e intercambiables. Lola –así se llamaba según el pin de la camiseta– era rubia, de piel bronceada y tonificada y tenía unos ojos verdes grandes e inexpresivos. Me entregó un formulario y me dijo que lo rellenara. Así lo hice, pagué tres meses beneficiándome de una promoción y recibí una pulsera magnética que se activaría en cuanto entregara un certificado médico que atestiguara mi buena salud.

Fuera, mientras pensaba en el certificado que tenía que conseguir, me asaltó un pensamiento inquietante, como algo que irrumpe en una normalidad ficticia mostrando sus límites y, de hecho, sus ficciones.

No me había sometido a ningún tipo de examen médico –de ninguna clase– desde hacía casi seis años. Podía afirmarlo con seguridad porque la última vez que había sucedido –una revisión rutinaria en el ginecólogo– todavía era fiscal. No sé por qué ese pensamiento me impactó tan profundamente. Tal vez porque todo lo que me conectaba con la enormidad de lo sucedido solo podía producir ese efecto; quizá porque percibía que había vivido ese tiempo entre paréntesis, o en animación suspendida. O quizá porque me di cuenta de que debería haber hecho ciertas visitas independientemente del gimnasio. Tenía cuarenta y cinco años y una mujer de esa edad tiene que ir al ginecólogo, tiene que hacerse citologías, tiene que hacerse mamografías. Yo nunca me había hecho ninguna, había dejado de cuidar mi salud justo en el umbral de los cuarenta. Me entraron palpitaciones de miedo, pensando en lo que podría resultar de un reconocimiento médico. Pensé en el tipo de vida que había llevado en aquellos años, en el vino, el licor y los cigarrillos; en los hombres con los que me había encontrado pasando veladas inútiles, noches angustiosas y a veces estúpidamente peligrosas. ¿Cuántos eran? No lo sabía; de algunos no recordaba el nombre, de otros tal vez nunca lo había sabido. Una serie de imágenes en precario equilibrio entre la tristeza y la ridiculez me relampaguearon en la mente como en un caleidoscopio de mala calidad, donde en lugar de brillantes trozos de cristal de colores había imágenes opacas, en penumbras indignas, en habitaciones casi siempre iguales. Durante unos desagradables momentos vi aquella absurda serie de miembros masculinos. Objetos que pueden resultar muy atractivos e igual de ridículos, por no decir patéticos, gracias únicamente a un pequeño cambio de perspectiva. Pensé con vergüenza en la decepción que había sentido algunas noches, con el enésimo compañero ocasional, al descubrir lo poco dotado que estaba. Pensé, con la misma sensación de vergüenza, en ciertas formas absurdas del objeto en cuestión y en las cosas que a veces decían sus propietarios. Estaban interpretando un papel, repetían cosas que habían aprendido en la escuela del cine porno y que hacían que todo resultara, a veces, terriblemente grotesco.

Quién sabe a qué peligros me había acercado, tal vez demasiado. Me refiero a los peligros para la salud, pero quizá no solo para la salud.

Con qué increíble y sorda determinación me había aventurado tan profundamente en ciertos territorios. Tocaba los cuerpos de aquellos hombres con desvergüenza para gobernarlos, para volverlos inofensivos, por miedo a que fueran ellos los que me tocaran; para superar el asco, la angustia, la consternación.

Tenía que ir al médico para obtener el certificado que me pedían en el gimnasio, pero sobre todo tenía que ir al ginecólogo. Tenía cuarenta y cinco años, ¿qué había pasado en mi cuerpo durante todo ese tiempo? ¿Qué iba a pasar?

El ginecólogo podría haberme dicho –y probablemente lo hiciera– que me estaba acercando a la menopausia. Era un pensamiento escalofriante. No, no iría a ningún médico, había estado bien durante todos esos años y cuando había tenido alguna indisposición me había curado sola sin problemas.

Los pensamientos se perseguían unos a otros a un ritmo obsesivo e insoportable, como si un ataque de pánico estuviera a punto de apoderarse de mí. Di largas zancadas, contando las respiraciones, tratando de concentrarme solo en ellas. Lo hice durante casi media hora. Cuando llegué a casa ya había pasado lo peor.

A la mañana siguiente fui a la consulta de mi médico de familia. «Una expresión curiosa (¿qué familia?)», me dije mientras me sentaba en la sala de espera. Delante de mí solo había una persona, un tipo que parecía un funcionario jubilado. Chaqueta, corbata, abrigo. Muy digno, pero de aspecto raído. Una entropía silenciosa e implacable en acción.

Me miró varias veces, quizá convencido de que no me había dado cuenta, y en un momento dado tuve la impresión de que me conocía, de que quizá nos habíamos tratado en la otra vida. Cuando el médico le hizo pasar me sentí aliviada.

Al quedarme sola, pensé en la última consulta a la que había ido, apenas unos días antes: la de Loporto. Y pensé en él. Me había parecido que no cooperaba del todo, quizá porque consideraba absurdas mis preguntas. Eres médico, constatas una muerte que, según todos los indicios, se ha debido a causas naturales y, al cabo de un par de años, alguien se presenta y te pregunta si pudo tratarse de un homicidio, insinuando en la práctica que tal vez te precipitaras a la hora de sacar conclusiones: es normal que tengas cierta reserva mental a la hora de cooperar. Tendrías que admitir la posibilidad de que tal vez te equivocaras, pero no ves razón para ello. Yo, por otro lado, tampoco la veía, me dije mientras abandonaba el tema cuando me tocó entrar en la consulta.

El doctor Costantino era un hombre de unos cincuenta años, con algo de sobrepeso, una expresión bonachona y un ligero acento del sur que no conseguí situar geográficamente. No me acordaba de él –había estado en su consulta no más de un par de veces en total, en algún que otro caso había pedido recetas que otros habían ido a recoger por mí– y menos aún recordaba por qué lo había elegido como mi médico de cabecera una década antes. Fue amable, me preguntó por qué no nos habíamos visto en tanto tiempo, recibió mi falsa respuesta educadamente y no hizo comentarios. Si sabía lo que me había ocurrido, no lo dio a entender. Dijo que, si me parecía bien, me haría un chequeo completo, incluido un electrocardiograma.

Fue muy minucioso, me auscultó, me hizo toser, me palpó con delicadeza. Luego, realizó el electrocardiograma y, en general, la situación me despertó una sensación inesperada de tranquilidad. Me recordó a las visitas a mi pediatra: el ligero olor medicinal del anciano doctor, los caramelos que Rossana me daba al final de la visita si me había portado bien, es decir, siempre.

El doctor Costantino resultó ser un hombre agradable. Mientras me atendía hablamos y, para mi asombro, me apetecía responder a sus preguntas, incluso hablarle de mí. No lo hice, pero fue agradable experimentar aquella sensación. Llevaba anillo de casado y me sorprendí preguntándome cómo era su familia, si tenía hijos, si eran felices. «Todo esto me resulta desacostumbradamente extraño», me dije. Lo pensé exactamente con esa expresión formal, algo que me sucede cuando entro en contacto con pensamientos inusuales para mí.

–¿Cuántos años tiene, señora Spada?

–Cuarenta y cinco.

–En muchos aspectos está en buena forma. El electrocardiograma está bien, tiene cincuenta y cinco pulsaciones por minuto, presión diastólica setenta y cinco, sistólica ciento quince e incluso a ojo diría que tiene una proporción grasa-músculo digna de una atleta profesional. Hace mucho deporte, ¿verdad?

–Sí. Es un poco mi neurosis.

–Una buena neurosis, diría yo. ¿Puedo preguntarle si acostumbra a consumir bebidas alcohólicas?

¿Que si consumía alcohol? Consumía, y mucho, en sus formas más variadas. La botella es mi mejor amiga, querido doctor.

–Un poco. Algún vasito de vino.

–¿Quizá unas copas por la noche, unos cócteles?

–De vez en cuando.

–Lo pregunto porque he notado el hígado un poco inflamado. Nada grave, pero son cosas que no hay que dejar de lado en general, y a las que hay que prestar más atención cuando nos hacemos mayores. Tómese un vaso de vino con las comidas, pero deje el resto. Lo ideal sería que se pusiera un mes a dieta de alcohol.

–¿Qué quiere decir?

–Que no beba.

La sola idea me produjo un deseo de huir tan intenso que sin duda se tradujo en una mueca perfectamente perceptible. Se quedó en silencio unos instantes, luego suspiró, mirándome como se mira a un niño indisciplinado.

–Al menos reduzca un poco. ¿Fuma?

–Sí.

–¿Cuánto?

–Tres o cuatro cigarrillos al día –mentí.

–No quiero agobiarla, ya sabe que no es una buena idea. Se nota auscultando los bronquios. Considere la posibilidad de dejarlo.

Me vino a la mente la letra de una vieja canción. «Si no quieres dejar de beber y fumar, y si no quieres que te lo digan, mejor no vayas al médico».

–Sí, llevo tiempo pensándolo. Voy a tratar de reducir y a ver cómo va.

Me sonrió con la expresión de quien no se cree una palabra de lo que has dicho. Rellenó el certificado médico de buena salud, le grapó el gráfico del electrocardiograma y me acompañó a la puerta. Al despedirse me dio la impresión de que sabía cosas sobre mí que yo no sabía, y que haría buen uso de ellas. No era posible, pero esa percepción me dejó con una ligera inquietud mezclada con un hilo de incomprensible alegría.

16

Me encontré en vía Pasubio, una calle que no recorro a menudo, no sé por qué. En la acera, justo antes de la Fundación Feltrinelli, había un tipo sentado en una silla con una pequeña mesa y una máquina de escribir Lettera 22. En el suelo, a su lado, una pila de libros; pegado a la mesa había un cartel que rezaba: «Taller de escritura. Un relato exprés, treinta euros».

–¿Qué significa un relato exprés?

–Usted me pide una historia sobre algo que le preocupa. Hablamos un rato, yo escribo la historia, le entrego el único ejemplar existente y me da treinta euros.

–No sé si lo he entendido bien.

–Imaginemos que usted quiere contar algo que le ha pasado, o una emoción o un sueño. O quiere escribir a alguien, pero no en la forma epistolar normal... eso suponiendo que la forma epistolar siga existiendo. Viene a mí, me explica lo que quiere y yo interpreto su deseo o necesidad. Le escribo un relato. Es un poco como las galletas de la fortuna. No siempre nos gusta lo que encontramos en ellas. A veces no son más que trivialidades. Pero a veces ocurre que nos sugieren un punto de vista nuevo. Una historia sobre algo que es nuestro, pero escrita por otros, nos proporciona una visión inesperada y nos permite resolver un problema que parecía insuperable.

–¿Cuánto tarda?

–Diez minutos, un cuarto de hora. Puede esperar a que yo termine de escribir o volver al cabo de media hora.

–¿Cómo es posible escribir una historia en diez minutos?

Suspiró. Miró a su alrededor, como para comprobar que nadie más estaba escuchando la conversación.

–Por supuesto, hay que conocer el oficio. O el truco, si prefiere llamarlo así.

–¿Y cuál es el truco? –pregunté con curiosidad.

–¿Sabe qué es el efecto Forer, también conocido como efecto Barnum?

–¿Barnum el del circo?

–Exacto. ¿No ha oído hablar nunca de ese efecto?

–Debo admitir que no. ¿Qué es?

Forer era profesor de psicología. Sometió a algunos de sus alumnos a un test de personalidad y al final les entregó a cada uno de ellos un informe pidiéndoles que dieran su opinión sobre la exactitud del perfil. Casi todos los alumnos consideraron que el informe era muy preciso: en esencia, se reconocían plenamente en las cosas que estaban escritas en él. Fue entonces cuando Forer reveló a los estudiantes que todos habían recibido el mismo documento, completado antes incluso de que se les hubiera entregado el cuestionario.

El texto era más o menos así:

Necesitas el aprecio de los demás y tienes cierta tendencia a la autocrítica, a veces destructiva. Tienes debilidades de carácter, pero por lo general eres capaz de hacerles frente. Tienes muchas capacidades sin utilizar y eso es algo que te preocupa. A menudo dudas acerca de si has tomado la decisión correcta. Desde fuera, pareces una persona disciplinada y controlada, aunque esta imagen exterior a menudo oculta preocupación e inseguridad. Aprecias el cambio y la variedad, y te sientes insatisfecha si te imponen restricciones o limitaciones. Te enorgulleces de ser independiente en tus ideas y de no aceptar las opiniones de los demás sin pruebas satisfactorias. Sueles ser fiable y tiendes a respetar los compromisos. Has descubierto a base de golpes que es imprudente ser demasiado sincera a la hora de revelarse a los demás. A veces eres extrovertida y sociable, pero también tienes momentos de introversión y reserva. Algunas de tus aspiraciones tienden a ser muy poco realistas.

Sonreí. Sentí la misma sensación, hermosa y casi olvidada, de ciertos descubrimientos durante mis viajes por el mundo, muchos años antes.

–¿Y sabe de dónde vienen las frases que utilizó Forer para completar el perfil?

–Dígamelo usted.

–Forer las sacó de una revista de astrología. De los horóscopos.

–¿Y Barnum? ¿Qué tenía que ver él?

–Barnum decía que sus espectáculos tenían un gran éxito porque incluían tantas atracciones diferentes que todo el mundo encontraba algo que le gustara. Lo mismo ocurría con el perfil pseudopsicológico de Forer: había tantas cosas diferentes que, de un modo u otro, todo el mundo se reconocía en él.

–¿Qué tiene que ver todo eso con lo que usted hace?

–Tengo unas diez frases que representan una serie de rasgos de la personalidad. Las mezclo para describir a los protagonistas de mis relatos y tenga por seguro que el lector descubre en ellos algo con lo que se identifica. También tengo fragmentos de historias, personajes que aparecen como secundarios... En resumen, hago una especie de Lego narrativo utilizando la técnica de los que leen las palmas o las cartas del tarot, o que escriben el horóscopo. Pero no creo ser deshonesto. Mi contrato consiste en escribir una historia. No engaño a nadie, no me atribuyo poderes paranormales, no exploto la credulidad de la gente. Vendo historias y eso es todo. Cada uno ve en ellas lo que quiere ver.

—A un precio honesto —dije casi sin darme cuenta.

—Eso creo.

—¿Por qué me ha contado todo eso? Se trata de una especie de secreto profesional.

El hombre apoyó las manos sobre la mesita, a ambos lados de la máquina de escribir, y suspiró como si la pregunta lo hubiera cogido por sorpresa. Como si, en ese momento, él mismo sintiera asombro por lo que acababa de hacer. Después de unos segundos, negó lentamente con la cabeza.

—No lo sé.

—No lo sé es una buena respuesta.

—Ya, yo también lo creo. Pero no es una opinión demasiado generalizada.

—¿Y este libro?

Cogí un ejemplar, le eché un vistazo y lo volví a dejar en su sitio. El título era *Cuando no teníamos miedo*.

—Mi novela. Durante años envié manuscritos a editoriales y tengo una colección de rechazos. Casi todos del tipo: «Gracias por habernos enviado su obra, que por desgracia no encaja en nuestra línea editorial», etcétera. Algunos, en cambio, me decían que mi novela les había entusiasmado, que estaban deseando publicarla y que yo solo tenía que pagar una pequeña cantidad para la imprenta. Dos mil, tres mil euros. Entonces un día recibí una respuesta de esta editorial —dijo, mientras señalaba el logo con el dedo—. Dijeron que les gustaba la novela y que querían publicarla. Sin pedirme dinero. No son grandes, pero sí buenos, muy serios; tienen un excelente catálogo, especialmente de ficción extranjera.

—Debió de ser un gran momento.

—Desde luego que sí. Pensé que mi vida iba a dar un cambio radical, me imaginé el éxito, las traducciones, las giras por el extranjero, la película...

—¿Pero?

—Cuando consigues publicar un libro crees que has llegado a la cima, pero en realidad solo estás al principio del viaje. Escribir una novela es difícil; publicarla lo es aún más; vender una cantidad aceptable de ejemplares es lo más difícil de todo. Muy pocos lo consiguen. El libro llega a la librería y lo ponen en un rincón, en un lugar donde resulta prácticamente invisible porque no eres nadie y nadie te conoce, ni siquiera el librero. Y como no eres nadie, la oficina de prensa de tu editorial no consigue que se publiquen reseñas, excepto en algún periodicucho del tres al cuarto o en alguna revista *online*. Te toca ir a las presentaciones; los gastos te los pagas tú, naturalmente, el editor no tiene intención alguna de gastar dinero para que viajes. A las presentaciones, que yo imaginaba llenas de admiradores, solo acude algún que otro anciano que pasa el rato en la librería, algún amigo al que has invitado o, mejor dicho, suplicado que asistiera, alguien que casualmente pasaba por allí. En un par de meses tu libro acaba en algún mercadillo, en los restos de edición, o destruido.

—Es bueno saberlo por si alguna vez me entran ganas de escribir una novela.

—¿Quiere escribir una novela?

—Nunca lo había pensado. Pero yo diría que no. Especialmente después de esta información.

Sacó una tarjeta de visita y me la dio, sosteniéndola con las dos manos a la manera oriental. La cogí, instintivamente, de la misma manera.

–Si cambia de opinión, doy cursos de escritura creativa.

–¿Y con esos cursos se gana la vida?

–Con los cursos y escribiendo los relatos, pero, como eso no es suficiente, también me ofrezco como manitas. Para cualquier trabajo en casa, ya sea de electricidad, de fontanería o de pintura, yo soy la persona adecuada. Y soy barato. Lo único malo es que no puedo hacer facturas.

Yo tampoco hago facturas. Para Hacienda, no existimos ninguno de los dos. Puede que simplemente no existamos. Fantasmas.

–¿Le piden muchos relatos?

–Bastantes. Algunos días escribo cuatro o cinco.

–¿Cómo se le ocurrió la idea?

–La encontré en un libro. Se llama *El gozo de escribir.* Hay un capítulo en el que la autora cuenta que a veces se ponía a escribir en la calle y ofrecía relatos breves a los transeúntes. Me gustó la idea y lo intenté. Llevo ya un par de años e incluso tengo clientes que vuelven.

–Escríbame uno.

Sonrió.

–No puedo, le he contado mi secreto. No puedes hacer un truco de magia si acabas de explicar el truco.

–Tiene razón. Entonces le compro un ejemplar de su libro.

–Eso sí.

–Pero me lo tiene que dedicar.

Asintió con la cabeza. Cogió un volumen y una pluma estilográfica que tenía junto a la Lettera 22.

–¿Cómo se llama?

–Penelope.

Me miró unos instantes, como si quisiera estar seguro de haberme entendido bien o de que le había dicho mi verdadero nombre o no sé de qué. Luego abrió el libro por la portada. Desde mi posición no pude leer lo que estaba escribiendo, pero pude distinguir la letra: pulcra, elegante, un poco anticuada. Digna de una pluma estilográfica, de hecho.

Pagué, me despedí y me fui. Leí la dedicatoria al doblar la esquina.

A Penelope, por la inquietud de su mirada.

Lo importante no es de dónde sacas las cosas, sino dónde las llevas (Jean-Luc Godard).

Buena suerte,

gc

17

Había decidido cambiar la hora de la vigilancia. Me apostaría frente al portal de Lisa (a esas alturas, en mis soliloquios mentales ya la llamaba por su nombre de pila, como si fuéramos viejas amigas) al atardecer, para descubrir algo sobre sus hábitos nocturnos. Si salía, con quién salía, qué lugares frecuentaba. Y al día siguiente iría al gimnasio. Ni qué decir tiene que no tenía un plan definido; pensaba vagamente que la única manera de averiguar algo era establecer un contacto personal, y el gimnasio parecía el contexto más adecuado para un encuentro casual que no levantara sospechas.

Tardé más de lo esperado –al menos tres cuartos de hora– en encontrar un lugar adecuado para la observación; mientras tanto, ya habían dado las siete. Terminé la novela de Steve Martin y me vino a la mente una frase, no sé de quién: «Sabes que has leído un buen libro cuando pasas la última página y tienes la sensación de haber perdido a un amigo».

Me había traído otro libro, lo empecé e, inevitablemente, lo encontré lento y un poco aburrido.

El tiempo empezó a pasar muy despacio. A eso de las nueve me comí la barrita que me había traído por si acaso se hacía tarde. A las diez intenté comprobar si Lisa estaba en casa. Teniendo en cuenta la hora, si aún estaba en casa era poco probable que saliera, por lo que yo podría volver con Olivia. Si había salido, en cambio, esperaría a que volviera. Tal vez la acompañara alguien, tal vez pudiera conseguir un número de matrícula.

En el interfono seguían apareciendo los dos nombres: Leonardi y Sereni. Eso me impresionó. Pulsé el botón y al cabo de unos veinte segundos oí su voz, con una nota de perplejidad debida a la hora, supongo.

–Buenas noches, las *pizzas*. ¿Me abre?

Hubo un momento de pausa.

–No he pedido ninguna *pizza*.

Eché un rápido vistazo a los otros nombres en el interfono y elegí uno.

–¿No es Spadaro?

–No, se equivoca, Spadaro vive en el piso de encima –respondió en tono cortés.

–Perdone.

«No he pedido ninguna *pizza*». La lengua no se presta a conclusiones absolutas, pero sí ofrece algunas pistas. Si dices «No he pedido ninguna *pizza*», por lo general significa que estás sola. Estaba sola en casa. ¿Por qué? Mientras volvía al coche, pensé en la nota de amabilidad en su voz. Me había incomodado. Es algo que me ocurre a menudo con la amabilidad.

Dejé el coche donde estaba y volví andando. Me gusta pensar que un paseo ayuda a tener ideas, a encontrar soluciones. No sé si es cierto; de hecho creo que las ideas vienen por sorpresa, de la nada, y que una se da cuenta en los momentos más diversos. Pero caminar me proporciona una sensación de frescura, lucidez y posibilidad. Así que es perfecto.

Tenía que conseguir los registros telefónicos del móvil de Lisa, me dije. Obviamente de forma ilegal, ya que –dadas mis circunstancias– no tenía forma legal de obtener ciertas cosas. Debía pedirle un favor a alguien y la primera persona que me vino a la cabeza fue Mano de Piedra, también conocido como inspector Rocco Barbagallo de la judicial, con quien había mantenido el contacto. Me tenía cariño, no era persona que se anduviera con sutilezas a la hora de respetar normas y procedimientos, y sin duda debía de conocer a alguien que pudiera pasarme bajo mano lo que necesitaba. No sé por qué, pero la idea de dirigirme precisamente a él me incomodaba. Tal vez porque me vería obligada a explicarle para qué necesitaba esos registros, lo cual significaba tener que contarle también la absurda empresa en la que me había embarcado. Entonces pensé en un agente de los servicios de seguridad, o servicios secretos, para quienes no estén familiarizados con la terminología oficial. Un tipo simpático, con el que había salido durante unos meses en mi otra vida, hasta que a él –casado– se le había metido en la cabeza la idea de que íbamos en serio e incluso se había planteado dejar a su mujer. Así que yo había desaparecido para evitar daños mayores. Desaparecer es algo que siempre se me ha dado muy bien. Soy una escapista, una Houdini de las relaciones sentimentales.

Me había vuelto a encontrar con él años después de aquellos sucesos. No se había mostrado resentido, más bien estaba apenado por lo que había sucedido; parecía sincero. También me dijo que, si me apetecía, podía colaborar con los servicios secretos en una especie de consultoría; básicamente me había ofrecido un trabajo. Yo le había dado las gracias y le había dicho que no, que no me apetecía. Era la respuesta que sin duda esperaba, así que no se lo había tomado mal.

Sí, tal vez pudiera pedirle a él el favor de los registros y obtenerlos sin demasiado esfuerzo. Me dije que lo pensaría y, mientras tanto, decidí comprarme una *pizza*. Volvería a apostarme frente a la casa de Lisa la tarde siguiente, y me llevaría también lo necesario para ir al gimnasio. Si la veía dirigirse hacia allí (me la imaginaba yendo un día sí y un día no), la seguiría. Y luego me dejaría llevar por el instinto.

Me aposté poco después de las cuatro. Al cabo de unos tres cuartos de hora, Lisa salió en chándal, con anorak y mochila; llevaba el pelo recogido en una coleta. La seguí a bastante distancia, pero doblé la última esquina a tiempo para verla entrar en el gimnasio. A los cinco minutos entré. Entregué el certificado médico a la rubia ausente de la recepción, que no dio muestras de reconocerme. Esperé a que se activara mi pulsera de identificación, pasé el torniquete y me encontré en una gran sala: en un lado había cintas de correr, bicicletas de *spinning* supermodernas y otras complicadas máquinas de cardio. En la sala de al lado, en cambio, había máquinas de musculación, además de bancos, mancuernas y barras. Al fondo se vislumbraba otro espacio libre en el que seguramente se daban las clases. Miré a mi alrededor y, tras ver a Lisa corriendo a ritmo tranquilo en una cinta, fui a cambiarme.

Hacía por lo menos quince años que no entraba en un vestuario. Lo hacía todo yo sola: en los jardines, en el campo, en el Idroscalo, en el parque del Ticino. O en casa, cuando las condiciones atmosféricas me obligaban. Encontrarme rodeada de mujeres que se preparaban para entrenar o que se desvestían para ducharse me provocó una sensación irreal, como la acción de una máquina del tiempo que, después de girar de forma vertiginosa, me había depositado en un lugar al que no esperaba volver. Fue extraño, pero no desagradable.

Volví a entrar en la sala de cardio y Lisa seguía allí, trotando. Elegí una elíptica y empecé a calentar, sin perderla de vista. Un joven corpulento con la cara marcada por las cicatrices del acné se le acercó y le dijo que podían empezar. Ella paró la cinta de correr, hizo uf, uf (así tal cual, como en un cómic), bajó y lo siguió hasta la sala de pesas.

Esperé cinco minutos y también cambié de sala. Estaban haciendo el típico entrenamiento femenino, con pesas ligeras, bandas elásticas y movimientos de cuerpo libre; ejercicios que considero casi completamente inútiles. Me acomodé en una esterilla, no demasiado lejos pero tampoco demasiado cerca. Realicé algunos ejercicios de suelo, luego empecé con sentadillas normales, un par de series de veinte. Después de haber calentado bien –quería llamar la atención para intentar charlar un rato– pasé a lo que en la jerga del *fitness* se llama *pistol squat*: consiste básicamente en hacer la sentadilla sobre una sola pierna, mientras la otra queda extendida y levantada del suelo. No son precisamente para principiantes: requieren fuerza, equilibrio y coordinación. Como suele ocurrir cuando hago estas cosas en público, sentí las miradas posadas en mí.

Un par de tipos grandotes, con camisetas de tirantes, brazos como jamones y aspecto vagamente bovino, hicieron algunos comentarios en voz alta. Nada desagradable, comentarios ingenuos para expresar su asombro. Incluso el entrenador personal de Lisa me miró, lo mismo que ella. Fingí estar absorta en el entrenamiento y para acercarme un poco más al rincón en el que estaban ellos, y justificar mi presencia en aquella sala, me dediqué a hacer unas cuantas series de mancuernas en el banco (en general, los ejercicios con pesas me parecen aburridos).

Cuando empecé las flexiones con un solo brazo me di cuenta de que estaban totalmente pendientes de mí.

Lisa me habló mientras yo estaba sentada en la esterilla recuperando el aliento:

−Creía que solo los hombres podían hacer estas cosas.

Me di la vuelta y fingí reparar justo entonces en su presencia.

−Ellos también lo creen. Y no solo para ejercicios de gimnasia, también para muchas otras cosas.

Frunció los labios en una breve carcajada.

−¿Eres entrenadora?

−No.

−¿Cómo puedes hacer estas cosas?

−En otra vida practiqué deporte bastante en serio.

−¿Qué hacías? −intervino el entrenador con la cara llena de marcas de acné.

−Atletismo. Probé varias disciplinas, pero mi especialidad era el salto con pértiga.

Asintió con expresión profesional, como si yo le hubiera respondido exactamente lo que esperaba.

−Está claro que te las apañas tú sola. De todos modos, si necesitas ayuda, llámame. Estoy por aquí.

Su acento milanés era tan marcado que casi parecía una parodia. Le di las gracias y le contesté que sin duda lo buscaría si necesitaba algo. Le dio más instrucciones a Lisa y se marchó.

−Saltabas con pértiga −prosiguió Lisa−. Por eso tienes ese cuerpo de infarto. Nunca tendrás el problema de los tríceps flojos.

Me encogí de hombros y sonreí. Efectivamente, entre las muchas angustias que poblaban mi mente, la de los tríceps flojos nunca había asomado la nariz.

−Me llamo Lisa −dijo mientras levantaba una mano y la agitaba, a modo de presentación y saludo.

−Penelope −respondí después de preguntarme durante un momento si era buena idea usar mi verdadero nombre.

–Penelope, qué bonito. Si tuviera una hija, me gustaría llamarla así. Pero eso es cada vez más improbable. De hecho, tendría que empezar a decir «si hubiese tenido una hija». ¿Tú tienes niños?

–No. ¿Por qué dices que es cada vez más improbable?

–Tengo treinta y siete años.

–Bueno, hoy en día hay mujeres mucho mayores que tú que tienen hijos. Una amiga mía tuvo uno a los cuarenta y cuatro.

Lógicamente, no tenía ninguna amiga que hubiera sido madre a los cuarenta y cuatro. De hecho, para ser precisos, no tenía amigas y punto.

–El problema es que hacen falta dos –comentó.

–No pareces el tipo de chica que tiene problemas para encontrar compañía.

–Depende del tipo de compañía que busques. No sé qué opinas, pero encontrar a un hombre que no sea aburrido y que no esté obsesionado con lo que tú ya sabes es bastante complicado. ¿Ves a estos? No sé cuál de ellos parece más tonto. Algunos son buenos ejemplares –dijo riendo entre dientes–, pero resultan muy ridículos cuando se ponen delante del espejo para comprobar cómo están sus músculos. Lo contrario de lo que debe ser un verdadero hombre.

–Es difícil no darte la razón.

–¿Hace mucho que vienes por aquí? No te había visto nunca.

–Hoy es el primer día.

–Ah, ya me parecía a mí. Llevo años viniendo aquí, es un buen gimnasio y está limpio. Los entrenadores lo hacen muy bien, pero supongo que eso a ti no te interesa.

Las cosas estaban yendo demasiado deprisa. No esperaba que fuera tan sociable y no estaba preparada para una conversación como esa; no había pensado qué decirle, y lo más importante, no había pensado qué no decirle si seguíamos charlando y me hacía algunas preguntas más. Por ejemplo: ¿por qué me había inscrito precisamente en aquel gimnasio? ¿Trabajaba por la zona? ¿Vivía por allí? Y así sucesivamente.

–Lo siento, hablo mucho. Te he interrumpido el entrenamiento.

–No pasa nada. Ha sido un placer conocerte. ¿Siempre vienes a esta hora?

–Sí, soy muy regular. Lunes, miércoles y viernes de cinco a seis, si no me surge ningún imprevisto.

«Es bueno saberlo», me dije.

–Bueno, sigo con lo mío. Nos vemos un día de estos.

Cinco años antes

Llegué a la DIGOS y me reuní con Capone y Calvino en el despacho de este último.

—El tipo ya está aquí, fiscal —dijo el director.

—¿Cómo ha reaccionado cuando se han presentado en su casa?

—Ha preguntado si era indispensable venir precisamente hoy por la tarde. Capone ha confirmado que sí y luego el hombre ha preguntado por qué queríamos hablar con él. Pero cuéntalo tú, Capone.

—Le he contestado que no estaba autorizado a decírselo, que ya se lo comunicaría la fiscal. Cuando hemos llegado aquí ha preguntado si necesitaba un abogado. Le he dicho que no se preocupara, que solo lo habíamos convocado en calidad de persona informada de los hechos.

—¿Está tranquilo?

—Creo que sí. De todos modos, creo que lo ha entendido.

—Muy bien, vamos a ver qué dice.

El arquitecto masón Mario Ferrari no era alto, tenía cara de canalla simpático y una abundante melena blanca con un corte de pelo de los años setenta. Daba la impresión de ser una persona con la que resultaría divertido salir a cenar. En cuanto nos vio entrar en la habitación donde lo habían dejado esperando, se levantó de un salto, se presentó y me besó la mano con mucha naturalidad.

—¿Tiene idea de por qué lo hemos citado?

–La verdad es que no –respondió tras dudar un momento.

–¿No?

–No, en serio.

–Verá, arquitecto, a los que nos dedicamos a investigar nos gusta pensar que somos capaces de distinguir cuándo alguien dice la verdad y cuándo tal vez no la dice. Y nos gusta catalogar las actitudes a través de las cuales se puede deducir, tal vez, que nuestro interlocutor no es del todo sincero. ¿Le enumero algunas de esas actitudes?

–Sí... si quiere... desde luego.

–Cuando nuestro interlocutor antepone a una declaración expresiones como «la verdad es que», «realmente» o «sinceramente», bueno, entonces sospechamos un poco. Porque a menudo, no siempre, pero a menudo, el uso de esas expresiones indica un intento de ocultar la verdad, ya sea en su totalidad o en parte. Cuando uno dice la verdad, casi nunca siente la necesidad de acompañar.sus declaraciones con tales expresiones. ¿Me sigue?

–La sigo, sí.

–Así que se lo pregunto de nuevo: ¿tiene alguna idea del motivo por el que lo hemos citado?

Ferrari me miró fijamente.

–Fiscal, me está usted poniendo en un aprieto.

Suspiré de un modo quizá algo teatral. Entonces cogí del expediente una copia de la denuncia y se la puse delante.

El arquitecto miró la primera hoja, luego a mí, luego a Calvino y a Capone.

–¿Cómo lo han hecho? –preguntó tras un interminable minuto.

Calvino se volvió hacia mí y yo asentí.

–¿Por qué no nos cuenta algo más? –dijo entonces el director.

Ferrari expulsó el aire con gesto trágico y dejó caer los hombros. Llevaba puesto un traje de excelente corte, una camisa blanca y una corbata a rayas elegante y sobria; esa ostentación cara y estudiada pareció desconectarse durante unos instantes, desarticularse, perder la cohesión con el personaje.

Se irguió en su silla, como si hubiera pasado por un cambio desafiante y hubiera salido indemne.

—Estoy dispuesto a hablar con ustedes, pero quiero dejar las cosas claras desde el principio: no voy a firmar ninguna declaración y negaré hasta la muerte ser el autor de esto —dijo, moviendo los papeles sobre la mesa y alejándolos de él.

Me incliné hacia él.

—Soy fiscal. No se me permite tomar declaraciones confidenciales, eso solo puede hacerlo la policía judicial. *Tengo* que levantar acta de lo que aquí se diga, arquitecto.

No estaba diciendo toda la verdad. En más de una ocasión había tomado declaraciones confidenciales y había hecho lo que, en teoría, un fiscal nunca debería hacer: actuar como la policía judicial e incumplir bastantes de mis obligaciones formales. «La intención es buena, así se obtienen mejores resultados de la investigación», me repetía siempre, juzgándome y absolviéndome.

Alguien dijo que cada mentira que nos contamos a nosotros mismos es un surco en el alma. Puedo dar fe de que se aplica en todos los ámbitos.

—Con el mayor respeto, fiscal, si yo no le digo nada, no tiene que levantar acta de nada.

—¿Si le pido que confirme y aclare el contenido de la denuncia?

—Negaré haberla escrito y enviado. Entonces usted podrá acusarme de falso testimonio, calumnia o lo que sea, con lo cual yo podré llamar a un abogado y acogerme a mi derecho a no responder. Y su investigación no avanzará. O, por lo menos, no con mi ayuda.

Reprimí un gesto de irritación. Siempre he odiado quedarme sin argumentos. Por unos momentos pensé en amenazarlo con el arresto, pero enseguida me di cuenta de que no era una buena idea. Habría sido un farol (no tenía motivos para arrestarlo) y echarse faroles solo es buena idea cuando se está seguro de que el otro jugador no querrá ver tus cartas. En pocas palabras, la situación era exactamente como había dicho Ferrari. ¿Que yo afirmaba que él era el autor de la denuncia y le pedía que confirmara y aclarara el contenido? Él lo negaría, yo levantaría acta, lo informaría del contenido de la investigación (contenido que tendría que haber formalizado, ya que, por el momento, solo era información que Capone me había comunicado verbalmente), él seguiría negándolo, yo lo advertiría de que debía decir la verdad, o de lo contrario tendría que investigarlo por declaraciones falsas ante el fiscal. Él seguiría negándolo y se inventaría algún motivo por el que había ido a usar el ordenador de un locutorio en lugar del ordenador de su casa o de la oficina. Llegados a ese punto, no me quedaría más remedio que dar por terminada la declaración y adiós muy buenas.

Fue él mismo quien interrumpió el flujo de mis pensamientos:

–Fiscal, permítame. Les puedo decir cosas útiles, profundizar lo que han leído en la denuncia, darles una idea de los roles, las jerarquías, el sistema de poder. Y ustedes tendrán el modo de utilizar mi información para buscar pruebas. No tengo conocimiento de ningún delito real, pero estoy seguro de que se ha cometido más de uno. Lo que les ofrezco es una mirada al contexto, para que después ustedes hagan su trabajo.

—¿Por qué quiere contarnos estas cosas?

—Por las mismas razones que dice el denunciante anónimo. Esa gente es una amenaza para la democracia. Yo tampoco soy ningún santo: a lo largo de los años, para hacer mi trabajo, he tenido que limar algunas asperezas. En resumen, que no nací ayer ni soy una criatura inocente, pero la idea de una asociación que pretende influir en todo, desde los nombramientos de los jefes de sección de los hospitales hasta los fiscales de la república, me parece repugnante. Vengo de una antigua familia socialista y, aunque de un modo quizá romántico, conservo la pasión por determinadas convicciones.

—¿Ya se ha enfrentado antes a la justicia?

Se burló.

—Ha ocurrido, pero siempre de pasada. Tangentopoli ya se había producido cuando empecé a trabajar en serio con mi empresa. Digamos que esquivé algunas balas y que unos años antes no lo habría conseguido. Casi nadie lo consiguió, por la sencilla razón de que, metafóricamente, volaban demasiadas balas.

Intercambié una mirada con Capone y Calvino. Si decidía aceptar su propuesta, es decir, mantener sus declaraciones en secreto, tendría que apartarme y dejar esa tarea en manos de los agentes de la policía judicial. El código solo les otorga a ellos, y no al fiscal, que es un funcionario público, el poder de recabar información sin escribir un informe y sin facilitar la identidad del confidente. Es una herramienta fundamental para las investigaciones que se encuentran en esa zona gris que es la frontera entre lo lícito y lo ilícito.

Un magistrado no puede hacerlo, como ya he explicado. Si eres fiscal y recibes una declaración, tienes que levantar acta. Tendría que haber salido de la habitación en ese momento. Habría sido una decisión acertada y sabia. Tal vez habría evitado lo que ocurrió más tarde. O tal vez no. Sea como sea, no tomé esa decisión sabia y acertada.

–Muy bien, cuéntenos.

–¿Me da su palabra de que no va a levantar acta?

–Le doy mi palabra.

–¿Puede asegurarme de que no está grabando la conversación?

Lo miré directamente a la cara, como para decirle que estaba exagerando. Lo pilló, asintió y empezó a hablar.

18

El viernes, más o menos a la misma hora, volví al gimnasio. Estaba corriendo sin demasiadas ganas en una cinta cuando Lisa entró en la sala. Me saludó amistosamente y empezó a correr a mi lado. Luego nos fuimos juntas a la sala de pesas. Aquel día no estaba el entrenador con la cara llena de marcas, por lo que Lisa me pidió que le echara un vistazo, para asegurarse de que realizaba correctamente los ejercicios.

En un momento dado un grupo de tipos musculosos, en su mayoría vestidos con camisetas técnicas superajustadas y bastante ridículas, se reunieron cerca de las barras de dominadas. Lisa los señaló con un gesto de la cabeza.

—Ya están esos monos con su competición habitual.

—¿Qué competición?

—Quién puede hacer más dominadas y más flexiones de brazos. ¿Por qué no participas tú también?

—Ni hablar.

—¿Por qué no? Me pone de los nervios tanta testosterona... Son tan vanidosos y patéticos. Dales una lección.

—No, olvídalo.

Ignoró mi respuesta y, antes de que pudiera detenerla, se acercó al grupito.

—Dejadla participar también a ella. Así sabremos cuál de los dos sexos es el fuerte.

Los tipos me miraron y luego se miraron entre ellos. Surgieron, como era de esperar, las sonrisitas. Uno de ellos, un tipo enorme con brazos innecesariamente hipertróficos, dijo que por qué no, si me apetecía. La prudencia me sugería que lo evitara, que no era cuestión de llamar demasiado la atención. Pero una parte de mí ardía en deseos de participar y, como había dicho Lisa, de darles una lección.

–Muy bien, vamos a jugar –dije, encogiéndome de hombros con indiferencia.

La competición empezaba con las dominadas. Para que el movimiento se considerara válido, era necesario pasar el mentón por encima de la barra y descender con los brazos completamente extendidos.

Después de que todos hubieran terminado la ronda de dominadas, se pasaba a las flexiones: en este caso había que rozar el suelo con el pecho. Si alguno pensó que tener pechos me daba ventaja, no lo dijo.

En el recuento final las dominadas valían dos puntos, las flexiones uno. Me preguntaron si quería empezar. Respondí que prefería ser la última.

La mayoría eran treintañeros, año arriba, año abajo, pero también había dos que pasaban de los cincuenta, ambos con un cuerpo esculpido de un modo embarazoso. Eran tan perfectos que parecían grotescos, la clase de hombres que consideran su cuerpo un templo y a sí mismos la deidad a la que rendir culto.

El primero hizo quince dominadas; el segundo, doce; el gigante supermusculoso, como era de esperar, no pasó de las diez, pues debía levantar un enorme volumen; uno de los cincuentones hizo dieciséis, el otro catorce; un chico de aspecto simpático solo ocho, pero no parecía que le importara demasiado. Luego le tocó el turno a un tipo que parecía latino, delgadísimo, de tez oscura, con las típicas orejas de coliflor de quien practica artes marciales mixtas. Hizo veinticuatro dominadas y probablemente podría haber continuado; es más, probablemente habría podido hacer las dominadas con un solo brazo. Por fin me llegó el turno. Me imaginé tan ligera como el aire, igual que hacía muchos años atrás cuando me preparaba para saltar con pértiga en una competición. Respiré hondo un par de veces y me agarré a la barra con un pequeño salto. Alguien empezó a contar en voz alta. Una, dos, tres, cuatro, cinco, seis, siete, ocho, nueve, diez, once, doce, trece, catorce. Se me estaban agotando las fuerzas. Me quedé colgada unos instantes, luego me levanté de nuevo. Quince. Dieciséis. Otra vez colgada. Me ardían las dorsales. Tras un largo suspiro intenté la decimoséptima, que me habría colocado en segunda posición, pero a mitad de la subida me fallaron los músculos y tuve que dejarme caer. Todo el mundo se había quedado en silencio y varias personas se habían acercado desde las distintas zonas del gimnasio para seguir la competición.

Pasamos a las flexiones de brazos, que no son fáciles de hacer después de haberte destrozado los brazos subiéndote a la barra. Una vez más, los mejores fueron uno de los cincuentones esculpidos, que hizo cuarenta y dos, y el chico latino, que pasó de las sesenta sin esfuerzo aparente. Cuando llegó mi turno supe que estaba luchando por el segundo puesto; el chico latino estaba en otra categoría, cosa que ya había quedado clara desde el principio.

Las treinta primeras me salieron con relativa facilidad. Luego empecé a notar los brazos rígidos. Treinta y dos, treinta y tres, treinta y cuatro. La gasolina se estaba acabando, me detuve con los brazos extendidos para reunir las últimas fuerzas. Treinta y cinco. Treinta y seis, treinta y siete. Intenté la treinta y ocho, pero acabé boca abajo en el suelo. Las pulsaciones eran tan violentas que me sentía como si tuviera un pistón en cada sien. Me levanté a duras penas, con la ayuda de uno de los chicos. Farfullé, como una cría, que de no haber sido por las dominadas podría haber aguantado mucho más.

–Nunca había visto a una mujer hacer nada igual –dijo alguien.

–Fue campeona de salto con pértiga –dijo otra persona, exagerando un poco sin saberlo.

–Has estado increíble, es prácticamente como si hubieras ganado tú. El chico sudamericano es un profesional de las artes marciales y el mayor de todos es entrenador. Se dedican a esto –dijo Lisa cuando el grupo se dispersó y ella y yo nos quedamos solas–. ¿Qué haces ahora? –me preguntó.

–Ahora, en primer lugar, diría que mi sesión de entrenamiento ha terminado, así que voy a darme una ducha –respondí mostrándole los brazos, que me temblaban con fuerza.

–¿Tienes planes para más tarde?

–Estoy bastante libre, ¿por qué?

–Pues entonces espérame. Termino la sesión y nos vamos a tomar un té a mi casa. Vivo cerca, así charlamos tranquilamente.

¿Era lesbiana? ¿Intentaba ligar conmigo? Si no era así, ¿por qué me estaba invitando a su casa? Sí, claro, había estado casada, pero no era un argumento concluyente. Me vinieron a la mente al menos un par de matrimonios famosos entre hombres viejos y poderosos y mujeres jóvenes, guapas y lesbianas, aunque no habían salido del armario. Bueno, si intentaba seducirme, le explicaría educadamente que teníamos gustos diferentes. Después de todo, entrar en ese piso,

charlar largo y tendido con ella y tal vez sacarle alguna con-
fidencia eran oportunidades que no podía dejar pasar. No
había nada más que añadir.

–¿Por qué no?

19

En el vestíbulo había algunas plantas bien cuidadas, entre las cuales reconocí –un recuerdo del pasado remoto e impreciso– las lenguas de suegra. La madera de los pasamanos, de la portería y del revestimiento de las paredes estaba pulida, lo cual daba una sensación de solidez, de limpieza. En conjunto –tanto el exterior como el interior– parecía una especie de epítome arquitectónico de Milán, de su burguesía, de una idea de las jerarquías sociales, del concepto de orden. Una especie de tranquilizador manifiesto ideológico.

Mientras subíamos en el ascensor hasta la sexta planta, noté un poderoso hormigueo en la nuca. Estaba a punto de visitar la escena del crimen, si es que se había producido un crimen. En realidad, no era más que una sugestión, ya que habían pasado casi dos años desde la tragedia. Pero es difícil renunciar a la idea de que acudir al lugar de los hechos nos permite captar vibraciones, nos sugiere –casi como si fuéramos médiums– buenas hipótesis o incluso soluciones. Se aplica a los investigadores de las novelas o de las películas, pero a menudo también vale para los del mundo real.

La puerta de entrada daba a un gran salón-cocina, luminoso, con muebles caros de madera y aluminio y una gran mesa-isla en el centro. «El trabajo de un arquitecto», pensé justo antes de que ella me lo dijera. No vi otras habitaciones y no tuve forma de percibir ninguna vibración que me sugiriera, como si fuera una médium, la solución del caso.

En resumen, que aquella tarde el hormigueo en la nuca no sirvió de gran cosa.

–Voy a darme una ducha, tardaré cinco minutos. Ponte cómoda, en cuanto vuelva hago té, o café si lo prefieres.

–El té está bien.

Miré a mi alrededor. La cocina estaba ordenada y limpia. En los estantes, además de los artículos habituales –tarros, platos, utensilios–, también había libros. Algunas novelas de misterio, algunos manuales sobre *fitness* o alimentación sana, unos cuantos ensayos de psicología popular. Lisa leía, era evidente. No ensayos sobre semiótica o filosofía analítica, no Kafka y Musil, pero leía. Era algo que no esperaba y, en definitiva, otra pieza que se alejaba de la idea abstracta que me había formado de ella antes de conocerla. Le eché un vistazo a la nevera: había fruta, verdura, alimentos proteínicos vegetarianos y leche de soja, pero también huevos y queso. Y dos botellas de vino blanco, una de las cuales estaba abierta.

Lisa volvió cuando estaba pensando en abrir la ventana y fumar un cigarrillo. Llevaba unos vaqueros desteñidos y una camiseta blanca que resaltaba sus hermosos pechos. Tenía un aspecto radiante y, al mirarla en ese momento, no me pareció en absoluto la típica interesada que se casa con un viejo rico en busca de una herencia. Así que sentí curiosidad por saber quién era realmente Lisa Sereni, por qué me había invitado a su casa y por qué se mostraba tan cálida y amable. Quizá lo había adivinado todo, sabía quién era yo y estaba poniendo en práctica una especie de juego del gato y el ratón. Era improbable, me respondí, pero no imposible.

Encendió un hervidor eléctrico azul claro y cogió una lata llena de todo tipo de bolsitas de té.

—A mí me gusta el té blanco.

—A mí también.

—¿Azúcar, miel, edulcorante, una galleta de jengibre?

—Nada, gracias.

Parecía muy cómoda, como si fuéramos viejas amigas que se reúnen de vez en cuando para charlar. De repente, me miró con atención.

—¿Puedo decirte algo que seguramente te sonará extraño?

—Claro.

—Es que se me acaba de ocurrir... que a lo mejor piensas que te he invitado a casa porque soy lesbiana.

La miré sin responder nada, pero tuve que contener una sonrisa.

—No soy lesbiana —aclaró—. Te he invitado porque me caíste muy bien desde el primer día, lo cual no es algo que me ocurra a menudo. Salgo con gente, pero en el fondo creo que soy una persona bastante solitaria. La verdad es que no conecto de verdad con nadie. Casi nunca. Pero contigo me salió de forma natural.

Bebió un sorbo de té.

—No serás lesbiana, ¿verdad? —preguntó entonces, como sorprendida por un pensamiento que debería haber sido obvio.

—No. En abstracto, me gustan los hombres. En concreto el asunto es más complicado, digámoslo así. —Respiré hondo, discretamente, y continué—: ¿Vives sola en esta casa? ¿Compañero, marido?

Sacudió la cabeza. Se puso seria. Durante unos segundos, dio la sensación de que se estaba preguntando qué podía contar.

—Soy viuda.

—Ah, lo siento. ¿Hace mucho?

–Casi dos años. Aunque él era mayor que yo. Bastante.

La miré asintiendo, a la espera de que prosiguiera.

–Un infarto, un día en que yo no estaba en Milán. He tenido muchos sentimientos de culpa por ello. Pensaba que, si no me hubiera ido, quizá podría haberlo ayudado, quizá las cosas habrían ido de otra manera.

–Ver las cosas en retrospectiva es una mala estrategia para interpretar la vida. Y los sentimientos de culpa nunca son una buena idea.

–Sí, lo sé. En teoría es así.

–Pero en la práctica es diferente, por supuesto. Soy una experta.

–Mi terapeuta dice que a veces también hay narcisismo en los sentimientos de culpa.

–Creo que sí.

Seguimos charlando. Le pregunté de qué trabajaba y me dijo que por el momento no trabajaba. Antes de casarse había hecho un poco de cine, un poco de televisión, pero sin llegar nunca a triunfar. Ahora pasaba los días indecisa acerca del rumbo que debía darle a su existencia. Entonces me preguntó a qué me dedicaba yo; estaba preparada para tal eventualidad. Le dije que había sido abogada en un gran bufete. Que de repente me había dado cuenta de que ya no me gustaba, había dejado el trabajo y me había tomado un año sabático que se había alargado un poco. Me había dado cuenta, demasiado tarde, de que estudiar Derecho no había sido una buena idea, de que no era lo que yo quería, etcétera. Por suerte tenía dos pisos, heredados de mis padres, que me proporcionaban ciertos ingresos, lo cual me permitía tomarme tiempo para pensar. No tenía novio. De vez en cuando salía con alguien, pero cuanto más tiempo pasaba, más difícil era encontrar a alguien que valiera la pena.

En esta historia se mezclaban de forma indisoluble cosas reales y cosas inventadas. Narré mi autobiografía ficticia con tal convicción que casi me la creí hasta yo. Entonces me dije que era más que suficiente por esa tarde, que no había necesidad de ir más allá. Si quería conocerla un poco mejor y tratar de conseguir algo más de información –que posiblemente resultara útil para la investigación que estaba llevando a cabo–, era necesario posponerlo hasta un nuevo encuentro, después de que ese principio de confianza se hubiera asentado. A menos que Lisa fuera mucho más lista que yo y estuviera jugando conmigo.

Miré mi reloj. Se dio cuenta.

–¿Tienes que irte?

–Creo que sí. Tengo cita con el médico.

No sé por qué añadí esa mentira inútil. Tal vez porque, cuando empiezas a mentir, ya sea por diversión, por necesidad o por cobardía, se hace difícil parar. La mentira se convierte en una modalidad ordinaria e invasiva; como ciertas malas hierbas, crece en todas partes antes de que una sea consciente de ello.

Vale, lo siento, divago con especulaciones baratas.

–¿Problemas? Disculpa si soy indiscreta –preguntó.

–No, en absoluto. Ginecólogo, rutina.

–Menos mal. ¿Qué te parece si una de estas noches hacemos una cenita en mi casa? ¿Tal vez mañana, si no estás ocupada? No soy una gran cocinera, pero algunos platos me salen bastante bien. ¿Te gusta el tofu?

–Depende –respondí con circunspección.

Por regla general, detesto el tofu.

–Tengo una receta que he creado yo, tofu crujiente. Tienes que probarlo. Tú traes una botella de vino, porque bebes vino, ¿no?, y yo cocino.

Dije que sí bebía vino (y bastante) y que la idea del tofu crujiente (un oxímoron) me intrigaba. Así que nos dimos los números de teléfono –guardé el suyo, prometiéndome comprobar si era el mismo que me había dado Marina– y quedamos en llamarnos al día siguiente para confirmar los detalles.

20

El mensaje de Lisa llegó a última hora de la mañana. Si todavía me apetecía, estaría encantada de invitarme a cenar a las ocho. El mensaje estaba escrito en un italiano correcto, sin errores, sin abreviaturas, sin emoticonos, con todos los signos de puntuación. Algunos dicen que un mensaje redactado de ese modo indica que quien lo escribe tiene ya una cierta edad, que no pertenece a la comunidad de jóvenes. Puede ser, si lo vemos desde una cierta perspectiva. Pero visto desde otra, escribir cuidadosamente incluso un texto breve como un mensaje de WhatsApp puede ser un indicio de... bueno, de atención. Una de las cualidades morales más infravaloradas.

Le contesté que me parecía bien, que yo llevaría el vino y que estaría allí a las ocho en punto.

Traté de pensar en cómo aprovechar esa oportunidad; intenté trazar un plan de acción. Duró poco. No tenía ni idea de quién era Lisa; ignoraba por qué motivo era tan amable conmigo; no sabía si tenía algo que ver con la muerte de su marido (aunque lo consideraba improbable). En resumen, no podía hacer otra cosa que improvisar y ver qué sucedía, dejando a un lado las estrategias. En ese sentido mi opinión coincide con la del filósofo Mike Tyson: «*Everybody has a plan until they get punched in the face*». Todo el mundo tiene un plan hasta que le dan un puñetazo en la cara.

A primera hora de la tarde fui al parque a entrenar, esperando encontrarme con Alessandro, pero no vino. Me habría gustado llamarlo o enviarle un mensaje, pero yo ya lo había hecho una vez y pensé que si no daba señales de vida era, obviamente, porque no le apetecía verme. Lo cual era una lástima.

Estaba a punto de entrar en una clásica —clásica para mí, se entiende— espiral de autocompasión, ira y más autocompasión cuando recibí su llamada.

—Hola, he pensado que a lo mejor estás en el parque.

—Hola, sí. Estaba a punto de irme.

—Iba a pasarme por ahí, pero me ha surgido un contratiempo.

Se hizo el silencio durante unos segundos. Ambos dudamos. Estaba a punto de decirle que me había gustado mucho el libro cuando volvió a hablar:

—Mañana se inaugura una exposición fotográfica de una amiga mía. ¿Te gustaría acompañarme?

—¿Mañana a qué hora? —pregunté para darme aires.

En realidad, me daba igual la hora, ya que no tenía nada que hacer de la mañana a la noche.

—Por la tarde, hacia las seis. ¿Estás ocupada?

En realidad, sí, tenía mi clásica tarde de domingo cargada de citas, pero dado que era una entusiasta de la fotografía iba a intentar cancelarlas todas para ir a esa inauguración.

—No, no tengo ningún compromiso mañana por la tarde. Me encantaría ir contigo, gracias.

—Entonces nos vemos a las seis en la parada de metro de Lima o delante del teatro Elfo Puccini. La galería está a tiro de piedra.

—Delante del teatro me parece bien.

—Genial, nos vemos mañana.

21

Antes de entrar en el ascensor resumí el papel que iba a interpretar y disfruté de unos estúpidos momentos de excitación por haber llegado tan lejos, por haber conseguido, al menos, que sucediera algo.

Lisa parecía muy contenta de verme.

–Te has acordado del vino, qué bien. Yo nunca sé cuál elegir. Me gusta beberlo, pero no entiendo nada de vinos.

–Es un primitivo de Puglia. A mí me gusta mucho, aunque es bastante fuerte.

–Genial, a ver si así nos emborrachamos. Ya hace mucho tiempo que no me emborracho. ¿Te importa que cenemos en la cocina? Es mi... estancia favorita. Tengo un comedor de verdad, pero desde que Vittorio ya no está no lo uso nunca.

–Yo también prefiero comer en la cocina.

–Básicamente, solo uso dos de las cinco habitaciones de este piso. Las otras me parecen ajenas, no me siento cómoda en ellas. El dormitorio de mi marido lo convertí en una especie de gimnasio.

–¿No dormíais juntos?

–No, habitaciones separadas, fue una petición mía. Nunca me ha gustado dormir con otra persona.

–¿Y por qué un gimnasio?

–No lo sé. Me impresionaba pensar que lo habían encontrado muerto en aquella cama. Así que saqué los muebles e hice instalar una cinta de correr y una de esas máquinas con las que se pueden hacer todo tipo de ejercicios; pero de todos modos nunca entro en esa habitación.

«Borró todos los indicios», me dije. Una idea estúpida –no era necesario desmontar el dormitorio para eliminar hipotéticas pruebas del asesinato, porque después de tanto tiempo habrían desaparecido igualmente– pero que me vino a la mente de todos modos, como por un reflejo condicionado. Ella no se dio cuenta de mi improductivo monólogo interior y continuó:

–Quizá me convenga cambiar de casa cuando haya resuelto unas cuantas cosas en mi vida.

Me abstuve de preguntarle qué cosas tenía que resolver. Probablemente se refería a la disputa por la herencia, que podría ser un tema interesante. Pero no quería parecer curiosa y levantar sospechas, así que anoté la idea mentalmente y me prometí volver sobre ella más adelante.

–¿Quieres abrir el vino? –me preguntó–. El sacacorchos está en ese cajón y las copas arriba. Yo empiezo a preparar la cena. Te he dicho que soy casi vegetariana, ¿no?

–¿Cómo que casi? –pregunté mientras descorchaba la botella.

–No como carne y como muy poco pescado. Solo algún plato de espaguetis con almejas y, de vez en cuando, un poco de *sushi*. Pero en general obtengo las proteínas de las legumbres, del queso, de la soja. Y muchas del tofu que vas a probar esta noche.

Serví el vino en copas y le pasé una.

–Cuéntame algo más sobre esa receta de tofu.

–Ahora que lo dices, ¿te gusta el picante?

–Supongo que sí.

–Bien. Entonces, sofrío un poco de ajo picado, jengibre, mucha guindilla y, por supuesto, aceite. Luego añado la cebolla. Después zanahorias y brócoli en trozos pequeños y anacardos picados. Cojo el tofu que ya tenía preparado, lo estrujo bien para extraer el agua, lo corto en dados y lo rebozo en almidón de maíz; sirve para que quede crujiente cuando lo pongo en una sartén aparte para dorarlo... El vino que has traído es delicioso, y no hemos brindado.

–¿Por qué brindamos?

–Por las nuevas amistades –respondió tocando mi copa con la suya.

–Por las nuevas amistades –repetí.

–En este punto –continuó– vierto salsa de soja en la sartén del sofrito y lo dejo reducir. Añado los dados de tofu crujiente y los fideos que ya he dejado en agua hirviendo durante tres minutos y lo salteo todo. Para terminar, aceite de sésamo crudo y sésamo tostado.

El tofu crujiente de Lisa estaba delicioso. Uno de los platos orientales (aunque en realidad no era oriental, ya que se trataba de una receta de su propia invención) más deliciosos que había probado nunca. Cuando terminé el primer plato me serví otro y también lo terminé. El ambiente era agradable y relajado, algo que no había experimentado desde hacía mucho tiempo.

–Me alegro de que te guste –dijo–. Me encanta cocinar para los demás, pero por desgracia no tengo muchas oportunidades para hacerlo.

–¿Por qué?

–Porque tengo pocas amigas y quizá solo un amigo, que es gay. Cada uno tiene su vida y su familia, y no nos vemos mucho.

–¿No hay ningún novio?

–No. Después de la muerte de Vittorio no he conocido a nadie. A nadie que me guste, quiero decir.

—Habrá cola de los que no te gustan.

—No creas.

—¿Por qué?

—No sé, tal vez se dan cuenta de que no estoy disponible.

Bebí un sorbo de vino. Me apetecía muchísimo un cigarrillo, pero parecía poco probable que allí se pudiera fumar.

—¿Cuánto tiempo estuvisteis casados?

—Menos de tres años.

—El otro día me dijiste que entre tú y tu marido había bastante diferencia de edad.

Levantó su copa vacía por el tallo y la observó con un interés exagerado, como si pudiera esconder un secreto.

—Bastante, sí... —respondió con aire distraído.

—Si no quieres...

—No, no, al contrario. Tengo ganas de hablar. Nunca lo hago.

Vacié la botella, dividiendo lo que quedaba en partes iguales, y le hice un gesto con la cabeza que significaba: «Estoy aquí».

—Mi marido era realmente mucho mayor que yo. No sé por qué, pero cuando estaba vivo no me incomodaba, ahora sí. Ahora casi me da vergüenza decirlo.

—¿Cuántos años mayor?

Esbozó una sonrisa nerviosa, que más bien parecía una mueca. Bebió un poco más de vino.

—Treinta y tres.

—Bueno, pues sí que es bastante. ¿Cómo surgió vuestra historia?

—Una empresa farmacéutica organizó un congreso y me contrataron para presentar la velada final, una especie de *talk show*. Uno de los trabajitos que hacía para ganarme la vida. Él era uno de los ponentes: un cirujano de éxito. Allí fue donde nos conocimos. Me pidió el número y empezó a cortejarme sin descanso: flores, joyas, invitaciones a cenar en restaurantes con estrellas. Se esmeró mucho. En resumen, que cedí cuando aún no había pasado ni un mes y luego las cosas fueron cada vez más rápido, hasta que me propuso matrimonio.

−¿Y qué hiciste?

−Me dije que no aceptar sería un error.

−¿Por qué?

−No hacía falta ser un genio para calcular los pros y los contras y concluir que los pros superaban de largo a los contras. Repasé lo que había hecho en la vida hasta ese momento, nada sustancial, y pensé en mi futuro. No estaba enamorada de él, no me casé con él por amor, por si hace falta aclararlo.

Me miró. Quizá intentaba comprender qué efecto me producían esas revelaciones. Mi expresión decía que había dejado de juzgar mucho tiempo atrás.

−Deberíamos abrir otra botella de vino. ¿O pasamos al ron con chocolate? Prácticamente una orgía −dijo en un tono de alegría forzado.

−Voto por la orgía.

Trajo una botella de ron y una barra de chocolate negro al setenta y cinco por ciento. Me di cuenta de que la botella estaba medio vacía. Podría haber significado muchas cosas o nada, pero de todas formas era uno de esos detalles que convenía recordar. El chocolate era bueno, pero el ron −venía de las Filipinas− era superfino, casi dulce, una especie de néctar.

−Por otro lado −continuó−, no sé si alguna vez he estado realmente enamorada. Tengo algunos recuerdos lejanos, de cuando era joven, pero ahora esos recuerdos me parecen actuaciones, simulaciones. Ni siquiera sé lo que significa estar enamorada. A veces eso me asusta. Otras veces pienso que soy así, qué le vamos a hacer, habrá que resignarse. Tal vez tengo un defecto de fábrica aquí –dijo mientras se acercaba el puño cerrado al corazón–. No sé si entiendes lo que quiero decir. Y si te soy sincera, ni siquiera sé por qué te estoy contando todo esto. ¿Tú lo sabes?

–No, pero creo que lo entiendo. A veces yo también me pregunto si alguna vez he amado a alguien.

–¿Y qué te respondes?

–Más o menos lo mismo que te respondes tú.

Asintió lentamente, como si estuviera procesando el significado profundo de mis palabras, luego levantó el vaso de ron y se lo colocó delante de la cara. Cogí el mío y ella lo tocó. Brindamos en silencio, tal vez por nuestras semejanzas, tal vez solo por nosotras.

–Hablo mucho de mí. ¿Y tú? El otro día dijiste que no tienes a nadie. ¿Has estado casada, te has divorciado?

–Nunca me he casado y no tengo pareja estable desde hace mucho tiempo.

–¿Por qué?

–¿Quieres la explicación corta o la larga?

–Empieza por la corta, luego ya veremos.

–Buena idea, porque la larga no me la sé ni yo... No confío en los hombres, supongo que porque en el fondo les tengo miedo. De un modo u otro, siempre los he tratado como si fueran peligrosos.

No podía creer lo que oía, no podía creer que hubiera dicho algo tan íntimo y totalmente sincero en una situación así, delante de una mujer a la que no conocía y con la cual estaba hablando –mediante engaños– solo porque la investigaba.

–¿Alguna vez te ha acosado un hombre, o ha abusado de ti?

Me aclaré la garganta. No sentía la necesidad de hacerlo, pero era una forma de recuperar el equilibrio.

—Abusar diría que no. Pero supongo que, de un modo u otro, a todas nos han acosado alguna vez.

Bebió un poco más de ron, como si quisiera armarse de valor.

—Cuando tenía quince años el padre de una amiga de clase me llevó en coche a casa. Era un hombre guapo, todas pensábamos que estaba muy bueno y decíamos que nos encantaría hacerlo con él y otras idioteces que dices cuando eres una cría y quieres darte importancia. Me preguntó si quería dar una vuelta antes de ir a casa y le dije que sí. Me llevó a uno de esos lugares apartados donde suelen ir en coche las parejas.

Lugar apartado. Me llamó la atención esa expresión aséptica, más propia de un informe de los *carabinieri*. El tono de Lisa también se había vuelto neutro, casi en un intento de amortiguar la violencia que estaba a punto de contarme.

—Me besó y fui incapaz de decir que no. O tal vez no *quería* decir que no, tal vez pensaba que solo nos besaríamos y ya está, y que yo tendría algo que contar a mis amigas, tan tontas como yo. No lo sé, me he repetido esa historia tantas veces que ya no soy capaz de entender cuál es la verdad. Incluso dudo que alguna vez existiera una verdad. Me hizo otras cosas a mí y me dijo que se las hiciera a él, y me explicó cómo y de nuevo fui incapaz de decir que no. Mientras ocurría, él hablaba, hablaba mucho, susurrándome que lo hacía muy bien, que siempre lo había puesto cachondo, que sabía que en el fondo era una putita. Que lo sabía.

Le toqué la mano, intentando controlar mi ira.

—Está bien, Lisa. No es necesario.

No sé muy bien qué quería decir con la frase «No es necesario». Tal vez era mi yo del pasado quien la había pronunciado, la fiscal que escuchaba a una víctima de violación e intentaba apoyarla, ayudarla, no obligarla a decir cosas innecesariamente dolorosas.

—Es difícil de explicar —continuó—. Aquel hombre ya me daba asco, pero cuando la cosa terminó me invadió una sensación de poder. También sentí asco de mí misma, pero me parecía haber aprendido a lidiar con ciertas situaciones, a hacer que un hombre resultara inofensivo.

Permaneció en silencio. Le apreté el hombro, pensando que pocas veces se me había descontrolado tanto una situación como aquella noche. Me miró.

—Supongo que te he contado todo eso porque has dicho que tenías miedo de los hombres. Nunca habría imaginado que alguien como tú pudiera tener miedo. Ahora puedes entender por qué me he convertido en...

—¿En qué te has convertido?

—Tal vez no me he *convertido* en nada. Tal vez lo soy y punto. Alguien que se casa con un hombre que podría ser su padre solo porque es rico. Ahora que tengo tiempo para pensar me doy cuenta de que durante toda la vida he buscado en los hombres la forma de solucionar mis problemas. Un hombre que me ayudara a conseguir éxito en el mundo del espectáculo; o que me mantuviese, que me liberara de toda preocupación por el futuro. Lo primero no tuvo éxito, lo segundo sí. Me casé con Vittorio, murió y yo obtuve lo que buscaba: no volveré a tener problemas económicos. Hay un juicio sobre el testamento, porque la hija de Vittorio me ha puesto una demanda, pero pase lo que pase no tendré que volver a trabajar. Y, sin embargo, ahora siento que nada tiene sentido. He alcanzado mi objetivo y no me importa. De hecho, no me importa nada. Absurdo, ¿verdad?

–No es absurdo. Hay una maldición gitana que dice más o menos así: «Que obtengas todo lo que deseas».

–Sí. ¿Pero sabes qué es lo peor?

–¿Qué?

–Que cuando miro en mi interior tengo la sensación de no ver nada.

–No te entiendo.

–Una vez leí en una revista que los narcisistas severos, los psicópatas, no tienen emociones ni sentimientos, pero son capaces de imitarlos muy bien. Pues eso, tengo la impresión de que he estado actuando toda mi vida: ese artículo parecía estar hablando de mí.

«Qué tontería», dije. Pero no lo pensaba. No lo pensaba en absoluto. Esa preocupación también me había asaltado muchas veces. Muchas veces me había invadido la escalofriante sensación de no tener emociones reales, o, en todo caso, de no saber reconocerlas. Y también había descubierto que existe un nombre para esa afección: alexitimia. Es un trastorno que deteriora la conciencia de los estados emocionales. Los pacientes alexitímicos –decía un diccionario médico– no solo tienen dificultad para reconocer, nombrar y describir sus estados emocionales, sino que a veces experimentan una verdadera incapacidad para sentir emociones.

Lo había hablado con mi psicoterapeuta.

«–Entonces, Penelope, usted teme no experimentar sentimientos ni emociones. ¿Es así?

»–Sí.

»–¿Pero es un miedo discreto? ¿Una molestia, una ligera inquietud?

»–No. Es un miedo real.

»–El miedo es una emoción y, dado que usted la siente, ¿podemos decir tal vez que su convicción es un poco exagerada? ¿Puede que su problema sea más bien nombrar las emociones? ¿Encontrar los nombres correctos y precisos, y no confundir ira con tristeza, por ejemplo?».

Había sido un movimiento muy hábil y elegante. Me había desequilibrado usando la fuerza de mi propia declaración, redirigiéndola, como ocurre en ciertas artes marciales cuando un contrincante cede al empuje del adversario para neutralizarlo. Había conseguido mostrarme las cosas desde una perspectiva diferente. Mi miedo a tener un problema con los sentimientos y las emociones no desapareció de repente –en realidad todavía existe–, pero desde entonces no me parece un destino irremediable. Vivo con ello, y a veces vislumbro destellos en el manto gris que me envuelve.

Lo que había dicho Lisa no era ninguna tontería, sino más bien un inquietante esbozo de las similitudes entre nosotras.

Intenté reproducir el razonamiento de mi psicoterapeuta.

–¿Tienes miedo de ser una psicópata?

–Sí. Más o menos.

–Esa es la prueba más clara de que no lo eres. Los psicópatas no le tienen miedo a nada que proceda de su interior. Ni al hecho de que no tener sentimientos les importe un pito. ¿Te convence?

Una sonrisa infantil se dibujó casi a cámara lenta en sus labios.

–Eres fuerte. Estoy segura de que, si hubiera tenido una amiga como tú antes, muchas cosas habrían sido diferentes.

Hablando de problemas con las emociones, los cumplidos –*ciertos* cumplidos, al menos– me incomodan.

Cambié de tema, sobre todo porque estaba allí por una razón concreta que no tenía nada que ver con la amistad.

–¿Has dicho que la hija de tu marido te ha demandado?

–Sí, ahora te cuento. Tú que eres abogada a lo mejor me puedes aconsejar.

Explicó la historia del testamento y del proceso civil más o menos como yo la conocía. No me dijo que Leonardi tenía intención de cambiar su testamento y eso podía significar dos cosas: o lo ignoraba o no quiso decirlo. Y, por supuesto, yo no podía profundizar más.

–¿Por qué quería hacer testamento tu marido? De todos modos, tú habrías sido la heredera legítima.

–No tengo ni idea. Un día me dijo que lo había depositado ante notario y que me dejaba la mayor parte de su patrimonio. Le pregunté por qué y me contestó que era mejor así, sin añadir nada más. En mi opinión quería castigar a su hija.

–¿Por qué?

–No es que me hubiera hablado explícitamente de ello, pero por algunas conversaciones, por pequeños indicios, sabía que estaba resentido con ella. Solía decir que ella lo despreciaba, que lo odiaba... algo así. Pero que no despreciaba su dinero: esa expresión la recuerdo bien.

–¿Creía que su hija estaba esperando a que muriera para heredar?

–No, eso no. Sin embargo, siempre la había mantenido y seguía haciéndolo. Ella se había ido a estudiar al extranjero, se había casado y trabajaba, no sé de qué, pero sin el dinero que le daba su padre no habría durado ni una semana. Y, aun así, se permitía juzgarlo.

No hice ningún comentario, me limité a asentir vagamente.

–Es una consentida, y una mala persona también, si quieres saber mi opinión.

–¿Qué dice tu abogado sobre la demanda?

–Que sería mejor llegar a un acuerdo, porque en parte tiene razón. Y yo no me opondría. Pero está tan cabreada que me odia. La negociación es difícil.

Hizo una pausa. Miró la botella de ron como preguntándose si debía servirse o no otra ronda. Decidió no hacerlo.

–¿Te importa si me lío un porro?

Negué con la cabeza.

–Para nada.

Cogió una cajita de madera de cedro de un estante. Dentro había tabaco, papel de liar y algo de hierba.

–¿Quieres uno tú también?

–No, pero me fumaría un cigarrillo de los míos, si te parece bien.

–Sí, claro. No pensaba que fumaras, podrías habérmelo dicho antes, no me molesta.

Lio el porro, lo encendió, inhaló un par de veces con fuerza. Los rasgos de su rostro se relajaron visiblemente.

–El otro día te dije que a veces me siento culpable porque no estaba en Milán cuando Vittorio tuvo el infarto. Bueno, pues otras veces me digo a mí misma que fue una suerte.

–¿De verdad?

–Si yo hubiera estado en Milán, seguro que esa zorra habría pensado que yo había matado a su padre.

«La verdad es que lo piensa igualmente. Pero no puedo decírtelo».

–Estaba muy enamorado de ti, me imagino.

–Yo no diría «enamorado». No era ese tipo de hombre.

–¿Qué quieres decir?

–Que no era apasionado. Era encantador, incluso para su edad, pero no creo que fuera de los que se enamoran. Su primer matrimonio, por ejemplo, lo consideraba un malentendido desde el principio.

Adopté una expresión interrogante y ella se explicó:

—La primera esposa estaba convencida de que la suya había sido una historia de amor, pero lo cierto es que él nunca la había amado de verdad. Decía que si alguien escuchaba la historia de su matrimonio de labios de él y de ella, obtendría dos versiones completamente diferentes. De todos modos, volviendo a mí, para él yo era un objeto decorativo con el que se había encariñado. Quizá algo más, pero no lo sé.

—Pero has dicho que era encantador.

—Sí, lo era. Ingenioso, divertido. Y era culto, podía hablar de casi cualquier tema. Cuando estábamos con otras personas se notaba enseguida que él estaba en un nivel superior.

—Ahora me pica la curiosidad.

—En los años noventa también fue diputado. Puede que su verdadera pasión fuera el poder. Eso es: sus pasiones eran el quirófano y el poder. Era masón, ¿sabes?

Tuve que obligarme a responder con indiferencia.

—Ah, ¿sí? Confieso que nunca he entendido qué hacen exactamente los miembros de la masonería.

—Yo tampoco. Vittorio iba a las reuniones, pero no contaba nada. Sin embargo, recuerdo una cosa: solía decir que los nombramientos importantes en la Sanidad de Lombardía los decidían ellos.

—¿Quiénes son ellos?

—Él y sus amigos. O mejor dicho, sus hermanos, como él los llamaba. Y no solo en Sanidad. Una vez dijo que habían conseguido nombrar a un alto magistrado.

—¿Nombrarlo dónde?

—No sé, no entiendo mucho de eso. Pero Vittorio estaba satisfecho y me parece que también había algunos políticos de Roma metidos en el asunto.

–¿Otros masones?

–Supongo. ¿Por qué te interesa tanto?

Basta. Era el momento de retroceder. Lo último que necesitaba era que sospechara y que, de una forma u otra, averiguara quién era yo en realidad.

Recuperé mi expresión indiferente.

–He oído hablar a menudo de la masonería, de los centros de poder más o menos ocultos, pero nunca había conocido a nadie que hubiera estado en contacto directo con todo ese rollo.

–Ah. Pues yo no sé mucho más de lo que te he contado. A lo mejor no tendría que haber tirado todos aquellos papeles de mi marido.

–¿Papeles?

–Había muchos en su estudio. Fotocopias de documentos de la región, la *prefettura*, de varios ministerios. Cartas, recortes de periódico. Fue un poco lo mismo que con el dormitorio: las cosas que me recordaban su presencia en esta casa me inquietaban, y por eso las tiré.

Hizo una pausa, como si la hubiera asaltado un pensamiento repentino.

–Puede que decir todas esas cosas me haga quedar un poco mal...

–Te entiendo, me parece normal.

–También tiré los papeles de una investigación de la que había sido objeto.

Me quedé paralizada durante unos instantes. Solo me moví cuando me di cuenta de que no respiraba, de que había estado en apnea durante unos veinte segundos.

–¿Una investigación?

–Sí, acabábamos de casarnos, debió de ser hace unos cuatro años...

—¿De qué iba?

—Lo acusaron de homicidio involuntario, después de que una mujer muriera durante una operación. Luego, lo absolvieron. Creo que tenía muchos amigos entre los jueces.

Me habría gustado saber más, en particular sobre los amigos jueces, pero un nuevo exceso de curiosidad solo habría despertado sospechas. Me prometí hacer algunas comprobaciones sobre esa historia —por si servía de algo, aunque probablemente no— y cambié de tema.

Seguimos charlando hasta la una, cuando dije que tenía que irme corriendo, que tenía que sacar a la perra para que hiciera sus cosas. Acordamos que la próxima vez iríamos juntas a comer *sushi* en un sitio regentado por amigos suyos y nos despedimos con dos besos como si fuéramos viejas amigas.

Era tarde y no tenía ganas de caminar media hora, así que pillé al vuelo un taxi que circulaba lentamente por vía de Moscova, como si estuviera patrullando o esperándome precisamente a mí.

Cinco años antes

El arquitecto Ferrari no era propenso a la síntesis. Le gustaba contar, le gustaba divagar y le gustaba mucho aquella oportunidad de tener como público a una fiscal y dos agentes de policía, sin que ello implicara tener que rendir cuentas por sus declaraciones. Después de al menos veinte minutos de preámbulos y digresiones, por fin se estaba acercando a lo que nos interesaba.

—Yo era miembro de una logia oficial, formalmente todavía lo soy, y un hermano me dijo en varias ocasiones que la masonería oficial ya no era capaz de llevar a cabo las tareas para las que había nacido.

—¿Cuáles eran esas tareas? Y, sobre todo, ¿quién era ese «hermano»?

—Un profesor universitario y cirujano muy conocido: Vittorio Leonardi. Sus discursos eran siempre bastante vagos, pero la idea, según él, era encaminar a la sociedad, cuyos miembros son en su mayoría personas inconscientes, en la dirección de un progreso saludable liderado por los mejores. Le gustaba mucho citar *La república* de Platón, toda esa historia sobre el gobierno de los mejores.

—¿Y luego?

—Me dijo que él y otros hermanos, algunos de nuestra propia logia y otros de otras logias, e incluso de distintas obediencias, habían formado una especie de club «reservado»; la discreción, subrayó, era muy importante. Sea como sea, el caso es que había percibido en mí las cualidades intelectuales y morales necesarias para formar parte de dicho club. Si yo quería, y especificó que se trataba de un privilegio concedido a unos pocos, podían evaluarme con vistas a una posible admisión.

–¿En qué consistía esa evaluación?

–Tenía que participar como oyente en algunas reuniones de carácter político-cultural. Debía intervenir, cuando me lo solicitaran de forma expresa, para aportar mi opinión sobre los diversos temas tratados. Los hermanos considerarían entonces mi candidatura y, en el caso de que me juzgasen apto, se me admitiría en el club.

–¿Aceptó usted?

–Verá, fiscal, yo ya había tenido dudas a la hora de unirme a una logia oficial no secreta. Me explico: en algunos aspectos me atraía la historia de la masonería. Me gustaba la idea de formar parte de una organización de la que tanto había leído. Mi abuelo materno, al que no llegué a conocer, era socialista y masón, y sufrió la persecución del fascismo. Su padre, y el padre de su padre, también habían sido masones. Hace varios años, mientras vaciaba una antigua casa familiar, encontré algunos documentos y cartas, y me emocioné. Lo que quiero decir es que la idea de restablecer una conexión con mis raíces, con una tradición que se remontaba a la época del *Risorgimento*, me fascinaba un poco. Por otro lado, como ya he dicho, tenía mis dudas. Después de la historia de la logia P2, la masonería no goza de muy buena reputación en nuestro país.

–La verdad es que no –intervine, con la esperanza de que fuese al grano; no funcionó.

–¿Sabe qué me impulsó a tomar la iniciativa? En 2001, antes del atentado de las Torres Gemelas, hice un viaje a Estados Unidos. Por supuesto, ya había estado allí otras veces. En ese país la masonería tiene un estatus muy reconocido, muy visible. Entre las diversas paradas estaba Filadelfia, donde visité el templo de la Gran Logia de Pensilvania, que está abierto al público. El martillo ceremonial que se usó cuando empezó a construirse es el mismo que utilizó el presidente George Washington, también masón, en la colocación de la primera piedra del Capitolio en 1793. Fue en esa ocasión cuando me decidí. Soy arquitecto y empresario de la construcción. Construyo casas, y trato de hacerlo de una manera que tenga sentido. Aquel edificio, tan lleno de significados simbólicos, me convenció.

Debió de notar mi impaciencia. En una situación diferente habría sido un discurso interesante, pero en ese momento yo tenía otras prioridades.

–Perdón, era para explicar que me uní a la masonería siguiendo una especie de inspiración cultural.

–Pero tenía dudas.

–Sí, me debatía entre la fascinación y una vaga sensación de vergüenza ajena por los rituales y por la seriedad con que se tomaban ciertas cosas incluso hoy, en pleno siglo XXI.

–¿Cuándo se inició?

–En 2002. Fue todo muy parecido a lo que uno podría imaginar: los delantales y las otras vestiduras, las expresiones rituales... Pero no quiero aburrirla aún más con los detalles. Recuerdo que el orador, una de las figuras que participan en la ceremonia, junto con el venerable maestro y el secretario, habló de las iniciaciones del nuevo milenio, del hecho de que la masonería libre había trascendido los siglos y seguiría haciéndolo. Confieso que, aparte de los aspectos folclóricos, algunas de las cosas que dijo el orador aquella noche me llamaron la atención, me parecieron motivo de reflexión. La idea básica era que el juramento de fidelidad se hace a la institución masónica, pero también, y sobre todo, a un itinerario, a una idea de unidad y coherencia. Dijo que la tarea de quien se inicia es hacer un recorrido de individuación de sí mismo, o de sí misma.

–No soy una experta en masonería, ¿admiten también a las mujeres?

–En la Gran Logia de Italia, sí, por supuesto. En otras obediencias, no.

–¿Usted pertenecía a la Gran Logia de Italia?

–Formalmente, sigo perteneciendo a ella. Pago la cuota, pero hace tiempo que no asisto a las reuniones.

–Continúe.

–Me afilié, asistí durante años, incluso ascendí en la jerarquía, aunque siempre sin demasiada convicción. No es que me arrepintiera, a fin de cuentas todo era bastante inofensivo y algunos de los miembros me parecían interesantes. Un Rotary un poco más formal, un poco más solemne, no sé si me entiende. No hace falta decir que no obtuve ningún beneficio laboral de mi iniciación. Luego vino el discurso de Leonardi y me dejé convencer para ir como oyente a esas reuniones.

–Pero ¿esta logia «reservada» pertenece a una de las masonerías oficiales? –preguntó Calvino.

–No, es una de las llamadas logias espurias; en la masonería oficial, sea cual sea la obediencia, jamás se admitiría a un oyente, es decir, alguien que no ha sido iniciado.

–¿Tiene nombre? –preguntó Capone.

–Bohemia. La logia se llama Bohemia.

–¿Por qué no lo escribió en su denuncia anónima?

–Solo los admitidos en la logia pueden conocer su nombre. Yo quería hacerles creer que el autor de la denuncia era alguien de fuera.

–¿Y por qué Bohemia?

–No lo sé.

–Entonces, asistió como oyente a las reuniones de la logia Bohemia. ¿Cuántas veces ocurrió? –pregunté.

–Cuatro, tal vez cinco, en un periodo de varios meses.

–¿Qué impresión le causó?

–La que intenté transmitir en la denuncia. Por supuesto, en mi presencia no hablaban de delitos ni de actos ilegales en general. Pero el ambiente me pareció inquietante.

–Entonces, ¿por qué acudió cinco veces?

–No sabía cómo enfocar el tema con Leonardi para explicarle que no estaba interesado. No es un hombre fácil, así que lo fui posponiendo. Cuando él mismo me informó de que el periodo de oyente había finalizado y que había llegado el momento de proceder a mi afiliación, me vi obligado a hablar con él.

–¿Qué le dijo?

–Que no estaba convencido de querer continuar, que no quería causar problemas a nadie y menos a él, pero que prefería dejarlo allí.

–¿Cómo se lo tomó?

–No muy bien. He dicho de él que no era un hombre fácil. En realidad es un eufemismo. Puede llegar a ser muy desagradable. Es arrogante, está acostumbrado a que los demás obedezcan, es despectivo, el clásico pez gordo universitario. Me dijo que lo estaba decepcionando. Que se había comprometido con los demás al llevarme allí y que ahora mi decisión lo dejaba en mal lugar. Intenté recordarle que no era yo quien había pedido asistir a las reuniones, pero fue inútil. Cada vez estaba más nervioso. Levantó la voz: yo había escuchado cosas confidenciales, tendría que haberle dicho enseguida que no me interesaba. Cosas así. En resumen, que fue una conversación desagradable y nos despedimos con mucha frialdad.

—¿Ha vuelto a tratar con Leonardi desde entonces? ¿Han vuelto a hablar del tema?

—¿Puede usted creer que no lo he vuelto a ver? Quiero decir que ni siquiera nos hemos encontrado por casualidad en la calle. Y después de todo, Milán no es que sea tan grande.

—Pero ¿por qué le importaba tanto que usted entrara en la logia Bohemia?

—No puedo responder a eso con certeza. Desde su punto de vista, me estaba concediendo un honor, por lo que en cierto modo su cabreo era comprensible. Sin embargo, creo que los criterios de acceso eran básicamente de dos tipos: en primer lugar, poseer un gran poder personal y, en segundo lugar, solvencia económica para financiar las actividades.

—¿A qué categoría pertenecía usted? ¿Poder, dinero o ambas?

—Teniendo en cuenta quién estaba allí, dudo que me quisieran por mi poder. El dinero ya es otro tema: mi empresa va muy bien, trabajamos mucho, no nos falta solvencia económica y Leonardi lo sabía.

—¿Es el líder de la asociación?

—No, no lo creo; sin duda es una de las personalidades más destacadas. No entendí si en la logia existe el equivalente de un gran maestro, es decir, una figura individual superior. Más bien tuve la impresión de que existe una especie de directorio de afiliados más importantes.

—¿Leonardi le habló de las jerarquías internas?

—No. Me dijo que no hiciera preguntas, que lo sabría todo a su debido tiempo.

—¿Es por esa disputa por lo que decidió presentar la denuncia?

—Disculpe, fiscal, pero dicho así suena francamente mal. Parece una reacción histérica, una pequeña venganza personal. La discusión con Leonardi tuvo lugar un año antes de que yo escribiera la denuncia. Le estuve dando muchas vueltas y preguntándome qué hacer. Ese grupo de personas me habían perturbado. ¿Ha visto usted la película *Todo modo*, basada en la novela de Sciascia?

—No.

—Lástima, entendería mejor lo que sentí frente a ellos. No me gustaban, y cuanto más tiempo pasaba más me convencía de que tenía que hacer algo, de que ustedes tenían que interesarse por sus actividades o, como mínimo, conocer su existencia.

—Sin embargo, en las reuniones a las que asistió como oyente no se mencionaron conductas ilegales de ningún tipo.

—No. Siempre se insistía en la necesidad de mantener el secreto, pero no se hablaba explícitamente de cosas ilegales. Leonardi, sin embargo, me había dicho varias veces que en aquel piso anónimo del centro de Milán se decidían muchos asuntos importantes. Formar parte de aquel grupo significaba entrar en una especie de aristocracia oculta del poder. Eso dijo, al menos.

—En su denuncia fue usted más allá. Habló de, y leo textualmente, «un nuevo tipo de depredador... delincuentes de guante blanco... que a menudo se relacionan con las mafias», etcétera.

—Admito que me pasé un poco. Pero quería despertar su interés.

—¿Quién estaba en las reuniones a las que asistió como oyente?

—Permítame comenzar diciendo que en esas reuniones no hay presentaciones. Los afiliados, o iniciados o miembros, no sé qué término usar, se reúnen en torno a una mesa rectangular y larga. Los oyentes se sientan en sillas apoyadas contra la pared en tres de los lados de la sala. No sé si esto tiene algún significado.

–Ha utilizado el plural: ¿había otros oyentes además de usted?

–La verdad es que no. Solo estaba yo. Pero suponía que esa era la regla, como me había explicado Leonardi.

–¿Qué temas se debatieron?

–Cuando yo estaba allí, solo hacían discursos generales, más bien abstractos. Sobre el liderazgo de la sociedad, sobre la necesidad de corregir los defectos de la democracia. Una vez, recuerdo, hablaron del falso mito de la igualdad, fuente según ellos de muchos problemas.

–¿Nada concreto? ¿Hechos específicos, acciones, iniciativas?

–No mientras yo estaba allí. Pero solo me admitían en una parte de la reunión. En un momento dado me pedían que saliera. Supongo que era a partir de entonces cuando se ocupaban de las cuestiones concretas.

–Pero ¿quiénes eran esas personas?

–Repito que no me presentaron a nadie. Cuando yo entraba ya estaban sentados y cuando salía se quedaban allí. Pero Leonardi me dijo quiénes eran algunos de los participantes y a otros los reconocí yo.

–¿Por ejemplo?

–Reconocí a un diputado y a un consejero regional. Leonardi me dijo que había un vicegobernador y, en dos ocasiones diferentes, también magistrados...

–¿Quiénes eran los magistrados?

–Nadie de su fiscalía. Según lo que me dijo Leonardi, se trataba de un consejero de la corte de apelación y un juez del TAR, el Tribunal Administrativo Regional. También algunos empresarios, abogados y hasta un coronel del Ejército.

–¿Miembros de la policía?

–No lo sé. Leonardi no dijo nada, pero eso no significa que no los hubiera.

–¿Los asistentes eran siempre los mismos?

–A algunos los veía siempre, a otros no.

–¿Por qué firmó su denuncia con ese nombre?

–Una vez, hablando con un amigo abogado penalista, me dijo que las denuncias anónimas no son utilizables, que ni siquiera permiten iniciar una investigación. Me dijo que si se quiere hacer una denuncia anónima, lo mejor es firmarla siempre con el nombre de una persona real. Es más fácil que se ponga en marcha una investigación e incluso que continúe después de que el supuesto firmante haya negado su autoría.

–Pero ¿por qué ese nombre?

Se encogió de hombros.

–Volví a pasar por esa dirección, lo leí en el interfono y lo elegí al azar.

Jugueteé un poco con el bolígrafo, acerqué la mano al paquete de cigarrillos y la retiré; miré primero a Calvino, luego a Capone. Finalmente me concentré de nuevo en Ferrari.

–Sé lo que hemos dicho al principio. ¿Pero no podemos levantar acta de al menos una parte?

–No. Independientemente de todo lo demás, me arriesgaría a acciones por difamación o por calumnia.

–No necesariamente tenemos que escribir que usted es el autor de la denuncia –dije, pero incluso a mí me parecía una hipótesis poco creíble y aún más difícil de llevar a la práctica.

–Entonces, ¿cómo se explicaría que yo hubiera acabado aquí? –respondió Ferrari–. ¿Cómo me habrían encontrado ustedes? En mi trabajo, las relaciones públicas y el contacto con los gerentes de empresa son muy importantes. Si este asunto saliera a la luz, sería catastrófico para mi reputación.

Tenía razón y no insistí.

–¿Existen listas de miembros de esta logia?

–Estoy bastante seguro de que sí. Listas y otros documentos, cosas delicadas.

–¿Alguna idea de dónde se guardan?

–Desde luego, no en ese piso. Leonardi me dijo que no querían acabar como la P2, que los documentos estaban guardados en un lugar seguro, encomendados a una persona de su confianza.

–¿Y cuál podría ser ese lugar seguro?

–No lo sé. Pero Leonardi tiene un factótum, un hombre de confianza. Si tuviera que hacer conjeturas...

–¿Pero ese tipo es un afiliado?

–No. Creo que es un enfermero que trabaja en su clínica, pero que, de hecho, está a su servicio.

Concluyó diciéndonos los nombres de los miembros de la logia a los que había reconocido. Nos aconsejó que nos moviéramos con cuidado y prometió que si recordaba algún otro detalle relevante nos lo comunicaría. Luego, después de volver a besarme la mano, se despidió y se fue.

22

El título de la exposición era *La existencia de los otros*. En el subtítulo se explicaba que la inspiración había surgido de un escrito de Simone Weil.

—La artista es amiga mía —me dijo Alessandro—. Es veterinaria y hasta hace unos años la fotografía no era una de sus pasiones, ni siquiera una afición. Como casi todo el mundo, usaba el teléfono para hacer fotos de recuerdo y ya está. Entonces murió su padre, ya viudo. Era ingeniero, pero de joven había sido fotógrafo *freelance* para periódicos y revistas. Así se había pagado los estudios. Federica no sabía casi nada de esos años aventureros en los que sus padres aún no se conocían. Y de repente se dio cuenta de que ya *nunca* podría saber nada. Ocurre a menudo: pensamos que nuestros padres estarán siempre ahí, de hecho pensamos que un montón de cosas estarán siempre ahí. Pero luego desaparecen y solo nos queda preguntarnos quiénes eran en realidad, cómo había sido su vida. De dónde venimos.

—Sin ellos no existiríamos, pero lo último que sentimos por nuestros padres, dejando de lado ciertos discursos melifluos y falsos, es la gratitud —comenté casi sin darme cuenta.

—Así son las cosas. Mientras mi amiga vaciaba la casa, encontró las cámaras de su padre y el material de revelado en perfecto estado. Aprendió a usarlo todo y empezó a tomar estas fotografías. Algunas me parecen muy bonitas. Aprender a fotografiar y revelar fue su forma de despedirse de su padre y de procesar la pérdida de ese fragmento de memoria.

Era cierto, algunas de las fotos eran preciosas. Contenían una mezcla de nostalgia y alegría, a veces casi júbilo. Los textos, que en las exposiciones suelen decir un montón de tonterías sin sentido, eran apropiados y sugerían algo. Frases como: «Federica Forte transforma lo visible en ventanas a lo imaginario, capta la dimensión de lo fantástico implícita en lo cotidiano».

Entre todas las imágenes había una que me gustó de un modo especial. Un hombre y una niña muy juntos en la orilla del mar, sentados de espaldas a la cámara, contemplando un horizonte salpicado de grandes nubes blancas. Era una fotografía en un blanco y negro casi épico, y parecía captar un fragmento del misterio.

–Las fotos muy bien, la bebida muy mal –dijo Alessandro mientras bebíamos vino blanco barato en vasos de plástico.

–No quería decirlo porque me has invitado y, contrariamente a mis costumbres, pretendía ser cortés. Pero sí: el vino está caliente y los aperitivos fríos.

–Vayamos a tomar un aperitivo decente a algún sitio. Ya hemos visto la exposición, somos libres. Me despido y desaparecemos.

Me gustó que ni siquiera esperara a mi respuesta. Llegó a un corrillo en cuyo centro estaba la fotógrafa veterinaria, la abrazó, estrechó algunas manos y un minuto después estábamos fuera.

–Hay un bar cerca que tiene una terraza cerrada con estufas. Si quieres, allí puedes hasta fumar, aunque yo lo desapruebe.

–¿Te has dado cuenta de que no nos hemos dicho los apellidos?

–Pues no. La verdad es que ni lo había pensado. El mío es Tempesta.

–El mío Spada. Fíjate: Tempesta y Spada. Podríamos ser dos X-Men.

–Tú sí que podrías serlo, con esas cosas atléticas que haces.

–Ya he leído el libro que me regalaste.

–¿Qué te ha parecido?

–Me ha encantado y me ha sorprendido. Para mí Steve Martin solo era un actor de películas no especialmente refinadas. ¿Quién se iba a imaginar que también podía ser un escritor tan sensible?

Durante unos instantes pensé en decirle dónde lo había leído, qué estaba haciendo mientras lo leía y todo lo demás. En resumen, que quería hablarle de mí, y no conseguía recordar la última vez que había sentido un deseo similar.

Nos sentamos a una mesita de la terraza, que estaba bien caldeada pese a encontrarse al aire libre. Como había dicho Alessandro, se podía fumar y, de hecho, encender un cigarrillo fue lo primero que hice cuando empezó a llover.

–¿Dónde vives? –pregunté.

–Cerca de aquí. En un piso muy pequeño. Me mudé después de separarme. No te he preguntado si estás casada, vives con alguien, tienes novio...

–Ni estoy casada ni vivo con nadie ni tengo novio –respondí, sintiendo una absurda satisfacción por la información que acababa de obtener de manera casual. Me sentí audaz–. ¿Cuánto tiempo llevas separado?

–Casi tres años. No son pocos, pero a mí me parece que ha pasado mucho más tiempo. Tal vez porque han ocurrido varias cosas desagradables, aparte de la separación.

–¿Y ahora cómo va?

–Mejor.

Llegó el camarero y pedimos vino blanco –frío, especificamos después de la experiencia del aperitivo en el *vernissage*– y algo para picar.

–¿Así que estabas casado?

–La verdad es que no. Vivimos juntos cinco años, la idea era casarnos cuando decidiéramos tener hijos. ¿Cuánto hace que no tienes novio?

–Mucho tiempo, si hablamos de un novio de verdad.

Se quedó esperando a que añadiera algo más sobre mí, pero no lo hice. En vez de eso le pedí que me contara por qué había terminado su historia. Si le apetecía y la pregunta no le parecía demasiado «intrusiva». Dije literalmente «intrusiva» y enseguida me pregunté por qué a veces me expresaba así.

–Creo que en toda relación hay un conflicto. Puede tratarse del dinero, del trabajo, del sexo, de la idea misma de familia y de la intimidad. O de varias de esas cosas juntas. Si se es capaz de sacarlo, es decir, si se puede hablar de ello, es posible desactivar el conflicto o al menos controlarlo. Si no, crece en silencio y, cuando te das cuenta, ya no hay nada que puedas hacer. Lo que provoca problemas y desastres en las relaciones es lo que no se dice.

–¿Qué no os dijisteis?

–Prácticamente todo. Nuestros discursos, o, mejor dicho, *mis* discursos eran obras maestras de la evasión. Y eso es lo que ella me echó en cara cuando llegó la explosión –hablaba despacio, como si le costara un gran esfuerzo seguir–. Nunca se lo había dicho a nadie. Tendría que haberme imaginado que no sería fácil.

–Podemos dejar el tema, si lo prefieres.

—No, quiero hablar de ello. —Bebió un sorbo de vino y prosiguió—: Al parecer lo más insoportable era la forma en que yo eludía cualquier intento suyo de expresar su malestar. Con un recurso inmoral: dar consejos sobre prácticamente todo. Un truco para eludir responsabilidades, para evitar la intimidad, para mantenerme a salvo de cualquier implicación emocional. Dijo que hay pocas cosas más brutales que dar ciertos consejos a una persona en apuros. Niegas su derecho a ser infeliz cuando tendría muy buenas razones para ello. En esencia, le estás diciendo: tu infelicidad es culpa tuya, si siguieras mis consejos podrías deshacerte de ella.

—Bueno, eso es hilar muy fino.

—Sí, pero el problema es que tenía razón. Me pidió que me marchara, ya que la casa era suya, y de repente todo mi sistema de historias, mentiras y ficciones saltó por los aires. Durante un par de años fui a la deriva, pero no te aburriré con el relato de mi deriva. Es más interesante, quizá, saber cómo conseguí salir de ella.

—Sí, me interesa mucho. Quiero decir: ¿cómo se sale de la deriva?

—Me topé con una frase de un escritor francés que decía así: «A fuerza de ser infeliz uno acaba siendo ridículo». Diría que fue un momento de iluminación de no ser porque esa expresión suena demasiado enfática. Dicho de otra manera: me veía a mí mismo como un personaje trágico y, de repente, me sentí ridículo, porque estaba disfrutando de mi sufrimiento. Otra forma de no asumir responsabilidades.

—A fuerza de ser infeliz acabas siendo ridículo...

—Sí.

23

La lluvia se había vuelto intensa y constante, a veces sacudida durante unos segundos por repentinas ráfagas de viento. Estábamos sentados en el interior de la terraza, a poco menos de un metro del agua: el mundo parecía dividido en dos partes y el efecto tenía algo incomprensiblemente tranquilizador. Un anciano vestido con un largo impermeable negro que le llegaba casi hasta los zapatos y sombrero de fieltro pasó junto a nosotros por el lado de la lluvia, sin paraguas. Como si no estuviera lloviendo. Parecía una criatura salida de un sueño; lo observé hipnotizada mientras se alejaba.

–¿Sigues aquí? –preguntó Alessandro, tocándome un brazo.

–Lo siento, a veces me distraigo.

–No te voy a preguntar en qué estabas pensando. Era una pregunta que solía hacer, hasta que me di cuenta de lo mucho que me molesta que me lo pregunten a mí.

–Eres una persona que aprende.

–¿Y tú?

–No lo creo.

–¿Has intentado alguna vez mirar las cosas con la lupa que suelen tener los móviles?

–Tienes el poder de asombrarme. ¿Qué tiene que ver esa pregunta?

–Has dicho que a veces te distraes. A mí también me pasaba; de hecho, me sigue pasando. Hubo un momento en que temí que fuera un problema grave. Me refiero a la dificultad para concentrarme en algo durante más de unos segundos. En esencia, por tanto, *a la incapacidad* de concentrarme en algo. Lo que sea. Cuando lo noto en los niños, en el colegio, me preocupo. ¿Te suena el trastorno de déficit de atención?

–Sí, claro.

–Debo de haber desarrollado una forma tardía. De niño, pero también de joven, era capaz de sumergirme por completo en lo que estaba haciendo o leyendo. Entonces, no sé cómo ni por qué, las cosas cambiaron. Cuando me di cuenta de ello, decidí tratar de ponerle remedio.

–No parece fácil.

–No, no lo es. De hecho, durante bastante tiempo me costaba conseguirlo, por mucho que lo intentara. En un momento dado, una noche, se me ocurrió juguetear con la lupa de mi teléfono móvil. La usé para mirar las letras, me refiero a los caracteres tipográficos, en la página de un libro antiguo. Al observar la imagen ampliada se podían ver pequeñas manchas de tinta, invisibles a simple vista, y la trama del papel. Las letras parecían diferentes, dejaban de ser símbolos y se convertían en figuras individuales, entidades pictóricas, objetos autónomos que parecían completamente nuevos, nunca vistos.

–¿Y?

–Y que, como te decía, de repente cambió mi conciencia. Me di cuenta de otras cosas que tenía a mi alrededor. Dejé de dar por sentada la percepción. Empecé a captar detalles incluso sin la lupa. Y el ejercicio de observar las cosas ampliadas, una actividad en la que ahora puedo perderme durante minutos y minutos, se ha convertido en mi terapia personal contra el déficit de atención. Cuando termino una de mis exploraciones en esa especie de mundo dilatado me siento lúcido y presente, y sea lo que sea lo que tenga que hacer después, me sale mejor. –Se le escapó un principio de risa tímida y se encogió de hombros–. Seguro que todo esto te ha convencido aún más de que soy un bicho raro. Hablo como un libro de autoayuda.

–Lo raro es que no pareces un bicho raro. Me estoy perdiendo algo, y eso no es bueno. Me has traído a la mente recuerdos en los que no había pensado en mucho tiempo. En el instituto me encantaban la biología y la química, pues me gustaba mucho mirar a través del microscopio. Pero, sobre todo, se me daban muy bien las matemáticas y la física. Según el profesor tenía mucho talento. No sé si tenía razón, es decir, no sé si tenía un verdadero talento para las matemáticas, porque no tuve la oportunidad de verificarlo, pero desde luego era la primera de la clase. Parecía natural que estudiara esas cosas.

–En vez de eso, estudiaste Derecho y trabajaste como fiscal.

Tenía una extraña forma de hacer preguntas, sin el signo de interrogación. Eran preguntas, pero al mismo tiempo no lo eran. Como si invocara un tema y me dejara libertad para explorarlo. Un don propio de los mejores detectives.

–Hice las pruebas de acceso a la universidad en 1992.

–El año de las masacres.

–Sí. Mataron a Falcone, a su mujer y a su escolta en mayo. Empecé a pensar que teníamos que reaccionar ante lo que estaba ocurriendo. No con palabras, sino con hechos. Pensé que, tal vez, en vez de estudiar Física tenía que estudiar Derecho y hacer mi contribución. Dedicarme a algo que no fuera luchar en esa guerra y ganarla me parecía de repente una especie de cobardía. Por otro lado, estudiar Física o Matemáticas parecía el camino que mejor encajaba con mis cualidades. Era incapaz de decidirme. Había hecho el bachillerato científico y saqué un diez en el examen de matemáticas de las pruebas de acceso, así que parecía una clara señal. Pero entonces, el día antes de los exámenes orales, se produjo la masacre de vía de Amelio.

Me interrumpí bruscamente. De repente ya no tenía ganas de continuar. Durante varios segundos solo se oyó el sonido metódico de la lluvia sobre la acera, fuera de la terraza.

–De niño no me gustaban las matemáticas –intervino Alessandro–. Empecé a apreciarlas cuando me tocó dar clase a los alumnos. Me di cuenta de que podía convertirlas en un método para poner orden, para poner las cosas en su sitio. En el mundo exterior, pero también en el interior. Ahora creo que es la asignatura que mejor enseño y que produce los mayores cambios en los niños, especialmente en los más difíciles.

Me sorprendí a mí misma diciéndole que me gustaba hablar con él. Esbozó una sonrisa, pero en sus ojos capté el destello de una remota tristeza.

Los hombres siempre me habían tenido miedo. Desde que era joven. Era guapa, era inteligente, parecía invulnerable y ellos, por mucho que lo ocultaran incluso ante sí mismos, estaban asustados. Eso me gratificaba, me otorgaba poder, me excitaba. Sobre todo, me permitía mantener mi angustia a raya, me permitía olvidarla creyendo que la había anulado. La paradoja es que no te puede gustar de verdad alguien que te tiene miedo. El miedo, en cuestiones de amor y sexo, te obliga a hacer cosas muy diferentes, a veces contradictorias, y casi ninguna de ellas buena. Y yo las he visto todas.

Él, en cambio, no tenía miedo. Tenía que existir una razón que yo ignoraba, pero una cosa estaba clara: no tenía miedo.

–Te hiciste fiscal porque querías arreglar las cosas.

–Sí. Un sueño ingenuo y, por tanto, inútil y perjudicial. Que no se cumplió, por supuesto, lo cual me hizo infeliz.

–Alguien dijo que no son los sueños que no se cumplen los que vuelven la existencia inútil y estúpida, sino los que no se tienen. Siempre me ha gustado esta frase.

–Preciosa. Me recuerda otra que dijo Clint Eastwood en *Los puentes de Madison*.

–¿Cuál?

–«Los viejos sueños eran buenos sueños. No se cumplieron, pero me alegro de haberlos tenido».

Volvió a sonreír y esta vez sentí alivio al no captar el mismo destello de tristeza de antes.

–Voy a romper las reglas y te haré una pregunta que estoy seguro de que no me vas a responder. Pero lo intentaré de todos modos: ¿qué pasó? ¿Por qué ya no eres fiscal?

Sacudí la cabeza. Alessandro me miró fijamente durante unos instantes; la lluvia no daba señales de amainar ni cambiaba su ritmo. Luego se levantó y cogió nuestras copas ya vacías.

–Necesitamos dos más.

Volvió con el vino, se sentó y, durante unos minutos, permanecimos en silencio.

–Se me ocurre una cosa. Que, aparentemente, no tiene nada que ver con lo que hemos estado hablando hasta ahora –dije justo cuando parecía que él también estaba a punto de abrir la boca.

–A ver si tiene algo que ver o no.

–Siempre me he considerado una persona extremadamente adaptable. Hasta que un día descubrí que no era así y me quedé de piedra.

Alessandro asintió con la cabeza, como si lo que había dicho no lo sorprendiera en absoluto.

–¿Te he dado esa impresión? –pregunté tratando de controlar la irritación de mi voz; no pude.

–¿Te molesta?

–No –respondí demasiado rápido–. De acuerdo –admití un momento después–, me irrita que alguien se dé cuenta de mis debilidades. Yo puedo hablar de ellas, pero los demás no tienen derecho a notarlas.

–¿Cómo lo descubriste?

–Durante la terapia. La psicóloga me preguntó si me consideraba una persona capaz de aceptar los cambios y adaptarse a las circunstancias. Le dije que sí, que había tenido que adaptarme a muchas cosas en mi vida. Me pareció que no había duda.

–¿Qué dijo ella?

–Nunca comentaba lo que yo decía. Eso me ponía muy nerviosa. Aquella vez tampoco hizo comentarios. Cambió de tema, o al menos eso me pareció a mí.

Por un momento perdí el hilo. Sentí el impulso de tocarlo. Un impulso de una intensidad que ya había olvidado o que tal vez jamás había experimentado con tanta fuerza.

Me invadió una dolorosa nostalgia por la época en que aún tenía que pasar todo, por la época en que las cosas y mi vida aún no habían cobrado forma y se habían vuelto irrevocables.

–¿Cómo cambió de tema?

Me estremecí.

–Me preguntó si alguna vez me había perdido de niña.

–Y te había pasado.

–Sí. En el supermercado, con mi madre. Mientras ella buscaba algo en un estante, me alejé. Al menos eso creo, no es que lo recuerde de verdad. Supongo que fue así porque el único recuerdo preciso es que en un determinado momento me di la vuelta y ya no vi a mi madre. No estaba donde yo pensaba ni en ningún otro sitio. Presa del pánico, me eché a llorar desconsoladamente. No sé cuánto tiempo pasó, aunque para mí fue infinito, hasta que oí su voz a mis espaldas.

–¿Cuántos años tenías?

–Menos de cuatro.

–Y después de escuchar ese episodio, ¿la psicóloga te hizo reflexionar sobre el hecho de que tal vez *crees* que eres adaptable pero, en realidad, tienes miedo del entorno, de los demás y sientes la necesidad de controlarlos?

–¿Estabas allí escuchando a escondidas? Empiezas a ponerme de los nervios. De todos modos, sí, dijo que cuando como resultado de ciertas experiencias el niño se convence de que, en caso de necesidad, el adulto no acudirá inmediatamente en su ayuda, tiende a construir un sistema de protección, como una armadura o un castillo. Y se refugia en comportamientos que en esencia son siempre los mismos, aunque parezcan diferentes. Básicamente, la historia de mi vida.

Una mendiga empapada, con un paraguas deshilachado, se asomó y nos tendió la mano. Alessandro buscó en los bolsillos y le dio una moneda.

–Voy a decirte algo que nunca le he contado a nadie, ni siquiera a la psicóloga –proseguí–. Muchos años después, cuando ya estaba en la universidad, hablé con mi madre sobre esa historia y descubrí que ella se había dado cuenta de que la había perdido de vista. No había venido a buscarme inmediatamente a propósito. Quería ver cómo me las arreglaba y se había escondido para vigilarme.

–¿Por qué no se lo contaste a la psicóloga?

–Estaba avergonzada. Por ella, por mi madre.

Alessandro respiró hondo; luego se movió en la silla.

–Nunca se lo perdoné –continué–. Una vez, cuando ya era muy mayor y estaba enferma, me dijo que lamentaba no haber sido una buena madre. Era cierto, no había sido una buena madre, por muchas razones. Pero en aquel momento estaba débil y perdida, y parecía suplicarme. Me volvió a la mente aquella historia del supermercado y no sentí pena por ella. Le quité importancia al tema y le dije: «¿Pero cómo se te ocurre pensar eso, mujer? Nadie es realmente un buen padre o madre, forma parte de la naturaleza de las cosas, lo hiciste lo mejor que pudiste». Un montón de tonterías por el estilo. Era mi manera miserable y cobarde de no concederle el perdón sin asumir siquiera la responsabilidad de aquella decisión.

Alessandro se colocó bien las gafas, aunque no hacía falta.

–Hay muchas cosas que no puedes perdonarte, ¿verdad?

–Muchas cosas. No puedo perdonármelas y a menudo me persiguen. –Me sorbí la nariz, encendí un cigarrillo, me bebí casi todo el vino–. Al menos esto me anestesia durante un rato.

Dijera lo que dijese Alessandro en aquel momento –sobre todo que beber nunca es la solución– se habría equivocado. Dijera lo que dijese. Pero no dijo nada.

La lluvia seguía cayendo, compacta e ineludible. Lo miré.

–Entonces, ¿quieres saber qué me pasó?

–Sí.

Le conté lo que me había pasado. Lo que yo había hecho que pasara. Desde el principio.

Hasta el final.

Cinco años antes

Lo ideal habría sido empezar con escuchas telefónicas y ambientales, seguidas unos días después por una serie de registros. Por desgracia, no era posible. Solo tenía un expediente modelo 45, que no permite esas actividades. Y no podía convertirlo en un expediente de investigación propiamente dicho: todo lo que teníamos hasta ese momento –la identificación de Ferrari y sus declaraciones– se había obtenido de manera irregular primero y confidencial después. De hecho, no había nada relevante desde el punto de vista probatorio y, para proceder a escuchas y registros, por no hablar de cualquier otra cuestión técnica, se requieren indicios graves de delito.

Lo que sí era posible era identificar al factótum de Leonardi e intentarlo con él. Para proceder les dije a los chicos de la DIGOS que redactaran un informe en el que me comunicaban que todo lo que Ferrari nos había referido lo habían obtenido a través de una fuente confidencial. De ese modo quedaría constancia escrita, por si acaso.

Dos días más tarde, Calvino vino a verme a mi despacho. Estaba claro que tenía problemas.

–¿Qué es lo que pasa? –le pregunté.

–Ayer por la tarde me citó el director de la policía, que normalmente no se preocupa por estos asuntos. Me preguntó, en un tono informal, de qué iba esta investigación sobre la masonería que estábamos llevando a cabo, si era un asunto serio y tal. Me cogió por sorpresa, le contesté que habíamos recibido una denuncia anónima, que estábamos en la fase de investigación preliminar y que por el momento no estaba en condiciones de decir si era una denuncia fundada o no.

—¿Cómo lo ha sabido?

—No lo sé. Y, obviamente, no puedo preguntárselo. Me dijo que lo mantuviera al corriente de las novedades.

Según la ley italiana, los directores de la policía, generales de los *carabinieri* o de la policía fiscal no son funcionarios de la policía judicial. Significa que no reciben órdenes del fiscal, pero tampoco pueden conocer, a menos que existan exigencias específicas, el contenido de los autos protegidos por el secreto de investigación.

No es bueno, de hecho huele a chamusquina, que un director de la policía pida que se le informe sobre una investigación en curso, especialmente al principio, si no está claro a través de qué fuente ha conocido dicha investigación.

Calvino tomó aire.

—Le contesté que lo informaría de cualquier novedad y le dije que la información estaba en manos de la fiscal Spada. Añadí que usted es bastante centralizadora y que estaba realizando personalmente algunas comprobaciones. Discúlpeme...

—Has hecho muy bien.

—Si le soy sincero, esto no me gusta —dijo.

—A mí tampoco me gusta.

Reflexionamos sobre cómo proceder y llegamos a la misma conclusión. Si el informe de la supuesta fuente confidencial se hubiera redactado, Calvino se habría visto obligado a informar al director de la policía y a dejárselo leer. Un riesgo que no podíamos permitirnos hasta que aclaráramos la posición y los intereses del propio director de la policía. Así que decidimos aplazar el informe por el momento. En general, decidimos no documentar las futuras actividades de investigación, a menos que los acontecimientos lo hicieran indispensable. Seguiríamos actuando por instinto, de manera informal, mientras fuera posible.

Ese no fue el primer paso en la avalancha que condujo al desastre, ni tampoco el último. Pero es en el que he pensado más a menudo. Me he preguntado muchas veces por qué, y nunca he encontrado una respuesta. Quizá porque no la hay.

Capone y otros dos policías de absoluta confianza (o al menos eso esperábamos) de su equipo siguieron a Leonardi durante tres días. Fue suficiente para identificar al hombre que había mencionado Ferrari.

Era un enfermero profesional llamado Caroppo, que trabajaba en la clínica universitaria. También lo siguieron a él. Llevaba al profesor en su coche, fichaba y se marchaba poco después. Daba vueltas por la ciudad, iba a bancos y despachos, se reunía con algunas personas, recogía o entregaba paquetes. Luego volvía a la clínica para fichar y recoger a Leonardi. A menudo lo acompañaba también por la noche. Hacía de todo excepto aquello por lo cual cobraba un sueldo de la Administración.

Decidimos hablar con él aprovechando lo que había salido a la luz –delito de estafa agravada y continua contra un organismo público– como forma de presión para inducirlo a cooperar y hablarnos sobre Leonardi.

Un viernes de mayo por la noche, los agentes de la DIGOS fueron a buscarlo a su domicilio y lo acompañaron a la fiscalía cuando ya no había nadie. Lo tuvieron esperando en mi secretaría durante más de una hora, sin decirle nada sobre las circunstancias por las que se encontraba allí y después de haberle requisado el teléfono móvil.

Recuerdo los pasillos desiertos, la penumbra, el sonido de mis pasos mientras me dirigía a mi despacho. Por última vez.

Caroppo era un tipo corpulento, con el pelo teñido y aspecto sudoroso. Tenía los ojos pequeños y apagados, y las cejas gruesas de los personajes de ciertas comedias del cine mudo.

Empezamos a interrogarlo, diciéndole que teníamos pruebas suficientes para arrestarlo y condenarlo. Perdería su trabajo, además de otras desgracias –ahora no recuerdo cuáles– que le auguramos. Él nos miraba, o *me* miraba, con una mezcla de miedo e incredulidad en los ojos.

–Verá, señor Caroppo –le dije en un momento dado–, no estamos interesados en procesarlo por estafa ni por ningún otro motivo.

–Yo no he cometido ninguna estafa.

–Como le he dicho, no nos interesa. Olvidaremos lo que hemos descubierto si usted nos ayuda.

–Pero ¿qué quieren de mí?

–Queremos saber dónde están las listas de miembros de la logia Bohemia y todos los demás documentos confidenciales.

–Señora fiscal, no sé de qué está hablando.

–Así no nos ayuda y, sobre todo, no se ayuda a sí mismo. Tal vez no tenga claro en qué tipo de problema se encuentra. Un problema que podría arruinarle la vida.

La cosa siguió así durante media hora, quizá menos.

El hombre no cooperaba, insistía en que no sabía nada, pidió llamar a un abogado. Respondimos que por el momento no era necesario un abogado, porque aún no lo habíamos acusado de nada. No estábamos escribiendo nada, solo era una conversación preliminar. Categoría que, no hace falta decirlo, ni siquiera existe en el procedimiento penal. Estábamos cometiendo un abuso. De hecho, para ser precisos, varios abusos, uno dentro de otro.

—Disculpe, señora fiscal, no me encuentro bien, por favor, déjeme ir a casa. No sé nada sobre los documentos confidenciales del profesor Leonardi. Es verdad, a veces lo llevo, le hago recados, pero no sé nada de sus asuntos privados.

—¿Cómo puedo dejarlo marchar cuando muestra usted esa actitud de cerrazón?

Me miró como si no entendiera mis palabras.

Capone tomó el relevo, alzando la voz:

—Escúchame, Caroppo, no has entendido dos cosas importantes. La primera es que estás metido en un lío muy gordo. La segunda es que la fiscal, aquí presente, intenta ayudarte a salir de ese lío. Pero no puede hacerlo si no cooperas. Además, no hace falta que pongamos por escrito todo lo que nos digas, encontraremos la forma de protegerte. Pero tienes que ayudarnos.

Mientras el inspector hablaba —o, mejor dicho, gritaba— yo observaba al hombre y escudriñaba su expresión en busca de un signo de apertura, algún detalle de su expresión facial que me permitiera deducir que se estaba abriendo una brecha. Y empezaba a perder la confianza. La resistencia y la reticencia de aquel tipo eran tan pertinaces que solo había dos hipótesis capaces de explicarlas: o realmente sabía poco o nada de los asuntos de Leonardi, o su lealtad y su complicidad eran muy difíciles de quebrantar. En cualquiera de los dos casos, nuestra situación era complicada.

Estaba pensando que sería útil solicitar de urgencia la intervención del teléfono de Caroppo para cuando se marchara poco después. Sin duda llamaría a Leonardi, y la grabación de la conversación podría resultarnos muy útil. Pero el expediente seguía siendo un modelo 45 y un modelo 45 no permite escuchas de ningún tipo. No era una cuestión de respetar las normas, pues ya habíamos infringido unas cuantas, sino de que el propio sistema informático no lo permite. La única opción era intentar un seguimiento, con la esperanza de que, una vez fuera, acudiera al profesor o a cualquier otro lugar que pudiera proporcionarnos una pista de investigación.

Estaba pensando en esto, y quizá en otras cosas, y puede que Capone todavía estuviera soltando su discursito –una pieza clásica del repertorio policial– sobre la necesidad de ayudarse mutuamente, cuando, de repente, vi una expresión de lo más incongruente en el rostro del enfermero. Una especie de asombro repentino, propio de quien ha visto –o percibido– algo tan inesperado que le resulta chocante.

Duró unos segundos, los suficientes para que incluso Capone y Calvino se dieran cuenta de que pasaba algo. Entonces la expresión de Caroppo volvió a cambiar. No, no fue así: fue más bien como si toda expresión *desapareciera* de su rostro. Fijó la mirada en el vacío y la cabeza se le bamboleó.

–¿Se encuentra bien? –pregunté, percibiendo una nota aguda en mi voz.

No contestó. Se le había puesto la mirada en blanco: tenía los ojos abiertos, pero no veía nada. Incluso el color de la piel le había cambiado. De repente había adoptado el tono gris de los muchos cadáveres que yo había visto, especialmente cuando trabajaba en Calabria. «Está muerto», pensé antes de saberlo con certeza. «Está muerto», pensé, percibiendo la obscenidad que el repentino final de una vida produce en nosotros cuando ocurre ante nuestros ojos.

Capone se levantó bruscamente de la silla y lo agarró por los hombros en el momento en que la cabeza le caía, inerte, sobre el pecho. Hasta ese momento los recuerdos son precisos, detallados y siguen una secuencia clara (aunque, ¿quién puede excluir que no se trate de un montaje, de una edición de la memoria, que selecciona, reelabora, o incluso inventa?), pero inmediatamente después se vuelven confusos, fracturados, se superponen. Veo a Capone tumbando al hombre en el suelo y realizándole un masaje cardiaco. Oigo mi voz, cada vez más histérica, hablando con el operador del 118, «Dense prisa, dense prisa»; veo a Calvino abriéndole la boca al hombre y sacándole la lengua para evitar que se asfixie; veo a Capone que saca una navaja y coloca la hoja bajo las fosas nasales, luego la observa y sacude la cabeza. Si hubiera un poco de vapor de agua, significaría que el hombre aún respira. Pero la hoja reluce, no está empañada. No hace ni dos minutos que estábamos hablando y ahora esa persona ya no es una persona, sino un objeto inanimado. He visto muchos muertos, pero esta es la primera vez que veo *la* muerte –el instante preciso de la muerte– de alguien.

Entonces oigo voces alteradas en el pasillo, dos enfermeros entran en mi despacho, intentan quitarle la ropa al cuerpo tendido en el suelo, no lo consiguen, así que la cortan y aplican los electrodos del desfibrilador sobre el tórax desnudo. La máquina se pone en marcha y certifica lo que ya sabíamos: no hay pulso, no tiene sentido enviar descargas eléctricas.

Está muerto. Estaba muerto antes de que llegaran. Estaba muerto antes incluso de que la ambulancia arrancara. Ha muerto en pocos segundos ante mis ojos. Se ha apagado como una vela en la oscuridad. Aquella mirada de asombro repentino ha sido el último resplandor.

Soy incapaz de poner en fila, siguiendo un orden mínima-
mente cronológico, los sucesos de los días y las semanas posteriores a la muerte de Caroppo. Recuerdo algunas cosas y
sé que hubo otras en las que participé, pero de las que no
conservo recuerdo alguno. Nada.

El procurador me dijo que me quedaban veintiocho días
de vacaciones del año anterior, a los que se añadían los
treinta y cuatro del año en curso. Eran más de dos meses,
que debía cogerme seguidos y con efectos inmediatos. No
era buena idea que pasara por la fiscalía, sobre todo porque
tampoco habría tenido adónde ir: mi despacho se había in-
cautado para llevar a cabo las comprobaciones necesarias.

La fiscalía de Brescia me investigó por homicidio involuntario y el fiscal general del Tribunal de la Casación me sometió a un procedimiento disciplinario. Solicitó al Consejo Superior de la Magistratura una suspensión cautelar y la obtuvo.

En otras circunstancias podría haberme defendido, en
aquellas no.

Había ordenado llevar a aquel hombre a la fiscalía sin citación oficial, sin ningún documento, sin investigación do-
cumentada que justificara el interrogatorio. Habíamos recogido a Caroppo en su casa y lo habíamos retenido hasta
bien entrada la noche sin motivo alguno.

Cuando el fiscal de Brescia me citó para interrogarme,
dije que todo era culpa mía, que los policías solo habían obe-
decido mis órdenes y no habían participado activamente en
el interrogatorio. Más tarde fueron exonerados. Yo, en cambio, acepté un acuerdo después de unos meses, en contra de
la opinión de mi abogado. Él insistía en que teníamos que
seguir adelante y ver qué pasaba. Pero yo no quería alar-
gar las cosas, quería que todo terminara, que todo desapareciera. Todo.

No sé cómo habría acabado el procedimiento disciplinario, pero estaba claro que el fiscal general pediría, con muy buenos argumentos, mi destitución, y decidí que no quería esperar: la paciencia nunca ha sido una de mis virtudes. Tampoco me interesaba la posibilidad de librarme de milagro para no volver a ser fiscal nunca más, y acabar como jueza de ejecuciones hipotecarias en algún pequeño tribunal remoto. Resumiendo, dimití antes de que me echaran, e incluso ahora creo que fue lo correcto, o lo menos incorrecto.

Irme hizo que dejara de ser el centro de atención, me permitió hundirme, me concedió el olvido que, a esas alturas, era lo único que quería.

Nunca llegué a saber si aquel pobre desgraciado guardaba de verdad los documentos de Leonardi, en el caso de que existieran. Nunca supe si provoqué su muerte sin que hubiera un motivo para interrogarlo.

24

Olivia movía la cola con tanto vigor que parecía estar agitando una porra. La acaricié entre la boca y las orejas. Luego le pregunté:

–¿Quieres dar una vuelta, colega? Por fin ha dejado de llover.

Todavía no me hacía a la idea de que había contado –de que había sido *capaz* de contar– mi historia. No había ocurrido nunca. Alessandro había escuchado en silencio, sin intervenir ni hacer comentarios. Al final me había apretado el antebrazo durante unos segundos y luego me había preguntado si quería que me llevara a casa. Yo le había contestado que, en vista del giro inesperado que había dado la velada, sentía la necesidad de volver sola. Puede que mi tono fuera algo brusco, no lo sé. Pero me sentía como si por primera vez –después de un número infinito de soliloquios interminables y destructivos– hubiera descubierto en mí misma la verdad de aquella historia.

En algunos momentos, la sensación de vértigo era insoportable. La única manera de ahuyentarla era mantener la mente ocupada. Intenté resumir lo que había hecho hasta ahora en mi investigación y determinar qué más podía hacer.

Dos semanas después de la primera reunión con Marina, mis progresos eran casi inexistentes. Aparte de algunos detalles, prácticamente no sabía nada más que lo que ella me había contado. Puede que Vittorio Leonardi hubiera sido un buen cirujano, pero desde luego no era un hombre amable: nadie había expresado auténtico pesar por su fallecimiento. Lisa Sereni era una chica guapa que se había casado con un hombre rico y mucho mayor que ella. Por si fuera necesario aclararlo, ella misma había admitido que no era el amor lo que la había impulsado a casarse con Leonardi. No existía ningún elemento, aparte de las interesadas conjeturas de Marina Leonardi, que hiciera pensar que la muerte del profesor no se había debido a causas naturales. Para complicar aún más las cosas, estaba la cuestión de que me había hecho casi amiga de la investigada, o mejor dicho, de la investigable; o para ser aún más precisos, de la destinataria de las sospechas de mi clienta. Me pagaban para encontrar pruebas en contra de una persona con la que había simpatizado mucho más allá de la farsa (de la que me avergonzaba bastante) que había montado para conocerla.

En realidad, el asunto era muy sencillo. Me quedaba una comprobación por hacer. La que tendría que haber hecho desde el primer momento.

A la mañana siguiente llamaría a Roberto, mi amigo agente de los servicios secretos, y le pediría un favor: que comprobara los registros telefónicos de Lisa y Vittorio Leonardi. Estaba segura de que eso me resultaría útil. Era más que probable que un examen minucioso de dichos registros no arrojara ningún resultado, en cuyo caso le diría a Marina que lo sentía, que lo había intentado, pero que no había encontrado ningún elemento que pudiera confirmar sus sospechas y conjeturas. Que había sido un placer conocerla —en realidad no mucho, para ser sincera—, saludos cordiales.

Volví a llamar a Olivia —a la que, teniendo en cuenta la hora, había sacado sin correa— y me fui a dormir.

Por la mañana me di cuenta de que no tenía el número de móvil de Leonardi: no estaba entre las notas que Marina me había dejado. Así que lo primero que debía hacer era llamarla a ella. No tenía ganas, no me apetecía explicarle para qué lo quería ni responder a sus preguntas. Pero no tenía alternativa.

–Buenos días, soy Spada.

–Buenos días, ¿tiene noticias?

–Todavía no y no tengo claro que vaya a haberlas. Necesito el número de móvil de su padre.

Se produjo una pausa larga y desconcertante al otro lado de la línea.

–¿El número de mi padre?

–Sí, espero que aún lo tenga.

–Lo tengo, sí. Pero ¿para qué lo necesita?

–Para hacer una comprobación. No me pida detalles porque no puedo dárselos. En los próximos días, en cualquier caso, la llamaré, así nos vemos y le hago un resumen de todo.

Después de hablar con Marina estaba a punto de telefonear a Roberto cuando me di cuenta de que mi número había cambiado desde la última vez. Junto con otras muchas cosas. Era muy poco probable que me respondiera si veía un número desconocido, así que decidí enviarle antes un mensaje. Lo reescribí cuatro o cinco veces al darme cuenta, bastante molesta, de que no terminaba de encontrar el tono adecuado. ¿Simpático y vagamente seductor? ¿Formal? ¿Lleno de explicaciones inútiles? ¿Neutro? Es curiosa la cantidad de cosas que puede decir sobre ti, sobre tu estado mental y sobre tu condición psicológica el esfuerzo banal de escribir un mensaje cuya única misión es anunciar una llamada telefónica.

Al final, cuando ya me estaba poniendo muy nerviosa, opté por lo más sencillo: «Hola, cuando tengas dos minu-

tos me gustaría hablar contigo. No creo que tengas este número, soy Penelope».

Llamó casi al momento.

–Penny, ¿eres tú?

–La misma. Es bueno saber que todavía quedan hombres amables.

Mientras pronunciaba aquellas palabras, me sentí como
una idiota por haber sucumbido a esa regurgitación de la
compulsión seductora.

–¿A qué debo el honor?

–Necesito hablar contigo. ¿Crees que podrías dedicarme
diez minutos para tomar un café y charlar?

–¿Cuándo?

–Por mí, ahora. Pero supongo que tú estás más ocupado.
Dime cuándo te va bien, yo me adapto.

–¿Te parece que quedemos para comer, a eso de la una?

Decidimos vernos en un antiguo e histórico restaurante
milanés, cerca de plaza Mercanti. El sitio lo eligió él, yo solo
había estado allí una vez, unos diez años antes: parecían
muchos más.

Los camareros lo trataban como a un cliente habitual y
digno de respeto; como buenos profesionales que eran, a mí
me trataron como si fuera su esposa. Lo observé mientras
pedía vino –estábamos de acuerdo en que había que beber,
aunque no fuera una cena, para celebrar el reencuentro– y
me dije que era definitivamente el tipo de hombre que mejora con la edad. Cuando nos conocimos y empezamos a
salir, era un joven guapo, atlético y un poco capullo. Ahora
tenía cincuenta años, estaba radiante, en una forma esplén-
dida y tenía una nota profunda en la mirada que quince años
antes era inimaginable.

–Cuéntame algo de ti ¿Cómo te va?

—Mucho tiempo libre. La vida ideal. ¿Y tú? ¿Sigues haciendo carrera? ¿De qué te ocupas ahora?

—Trabajé mucho tiempo en terrorismo islámico. No estaba mal, viajaba bastante. Pero ahora que me hago viejo, me dedico a cosas menos emocionantes. Tareas de despacho.

—Los despachos están infravalorados. Y te lo dice una que jamás pensó que echaría de menos el suyo.

Me miró unos instantes, sin saber qué responder. Ni siquiera yo sabía por qué razón había pronunciado una frase así. Me gusta pensar que entre mis muchos defectos no se encuentra la autocompasión. Pero a lo mejor me equivoco, a lo mejor lo único que pasa es que se me da muy bien disimularla.

—Me gustabas mucho, lo sabes, ¿verdad? —dijo de repente.

Pensé por un momento en cómo responder, luego decidí que lo mejor —casi siempre lo es, aunque yo haya tardado mucho en darme cuenta— era decir la verdad.

—Sí. Y no me porté bien contigo. Aunque sea con retraso, lo siento.

Se encogió de hombros, con una sonrisa resignada que me enterneció.

—Era el resultado natural de esa historia. Fuiste inteligente al evitarme una agonía innecesaria. Un poco brutal, pero inteligente. Un año más tarde acabé separándome de todos modos.

—¿Y ahora?

—Tengo pareja y un niño de cinco años. En la medida de lo posible, somos felices.

¿Se puede admirar a alguien porque dice que es feliz? No lo sé. Lo cierto es que en ese momento sentí admiración por él, además de una sensación de extraña armonía. Comimos en silencio el salmón con verduras que ambos habíamos pedido y bebimos un excelente *sauvignon* ahumado.

–Necesito un favor –dije cuando el camarero hubo recogido nuestros platos.

–Si puedo, con mucho gusto.

–Poder, puedes. Que quieras ya es otra historia.

–Nunca fue fácil tratar contigo. Eso es lo que solían decir los abogados. ¿Qué necesitas?

Se lo dije, y le dije por qué. Estaba llevando a cabo una investigación que seguramente no me conduciría a ningún lado, pero para quedarme tranquila y dar una respuesta a mi clienta necesitaba hacer una última comprobación. Quería los registros telefónicos de Lisa Sereni y de su marido Vittorio Leonardi desde una semana antes hasta una semana después de la muerte de este último. Para obtener legalmente los registros telefónicos de alguien, es necesaria la orden de un juez. Para obtenerlos ilegalmente –lo cual ocurre con cierta frecuencia– basta con conocer a alguien poco amigo de los formalismos dentro de la compañía telefónica. Obviamente, los registros obtenidos por el segundo método no pueden utilizarse como prueba en un juicio. Pero pueden usarse de otras muchas formas, ya sea con fines lícitos o ilícitos.

–Me estás pidiendo que infrinja la ley –comentó Roberto con una sombra de sonrisa irónica.

–Creo que no hay ninguna duda sobre eso.

–Como habría dicho un viejo tío mío: ¿y yo qué gano?

–Nada, me temo. Aparte de mi gratitud; una recompensa de valor cuestionable, debo admitir.

Se pasó la mano por el mentón, como si se alisara una barba inexistente.

–¿Al menos me dirás si averiguas algo?

–Me parece justo. Te lo diré.

–¿Antes que a los demás?

–Antes que a los demás. En el improbable caso de que apareciera material interesante, te lo comunicaría a ti antes que a la policía. O a los *carabinieri*, ya veremos.

–Ya puestos, podrías dejarme a mí hablar con ellos. Ya sabes que en mi trabajo también vivimos de estos intercambios de cortesía.

–En el improbable caso antes mencionado, me lo pensaré. Depende de demasiados factores, no puedo garantizarte nada.

Suspiró con aire teatral. Estaba cediendo ante mi dureza, o algo parecido.

–No pasa nada, de todas formas siempre fue inútil insistir contigo.

–Gracias. Estos son los dos números –le dije al tiempo que le entregaba un papel que ya tenía preparado–. Como te he dicho, necesito los registros de llamadas desde una semana antes de la muerte de Leonardi, la fecha está anotada, hasta una semana después. También necesito el nombre del titular de los números que aparezcan al menos dos veces, tanto llamadas entrantes como salientes. Si necesito algo más, te lo diré después de echar un vistazo a los registros telefónicos. Y, obviamente, necesito saber si los dos sujetos tenían otras líneas de móvil.

–Si quieres, también te lavo los cristales del coche.

–No, gracias. Prefiero que los de servicios secretos no os acerquéis a mi coche, en el caso de que lo tuviera, ni a mi casa. Nunca se sabe qué podríais colocar.

Al día siguiente recibí en una memoria USB anónima lo que había solicitado. Roberto me dijo que tanto Leonardi como su mujer tenían una segunda línea, pero que la utilizaban muy poco. Durante el periodo indicado, de hecho, no aparecía ni una sola llamada en ninguna de esas dos líneas.

Como siempre me he guiado por la regla «Confía en todo el mundo, pero corta siempre tú la baraja», decidí que era mejor no abrir los archivos en mi ordenador personal. Por si acaso contenía algún programa de *spyware* capaz de convertir mi portátil en un espacio público (una posibilidad remota, pues consideraba a Roberto una persona decente, pero nunca se sabe). No es que tenga mucho que ocultar a estas alturas, pero me gusta pensar que aún me queda algún secreto al que los demás no pueden acceder.

Fui a un locutorio a media hora de casa, le pedí un ordenador al chaval pakistaní que lo regentaba, me senté y empecé a trabajar.

En el *pen* había cuatro archivos distintos: registros telefónicos de Leonardi; datos sobre las personas cuyos números habían contactado con él al menos dos veces durante el periodo referido; registros telefónicos de Lisa Sereni; datos sobre las personas cuyos números habían contactado con ella al menos dos veces durante el periodo referido.

Primero comprobé los nombres de los sujetos con más llamadas. No me decían nada y, en cualquier caso, no había una frecuencia sospechosa de llamadas, nada que pudiera hacer saltar las alarmas. Luego examiné, en ambos registros, el último día de la vida de Vittorio Leonardi. En el de Lisa no había muchas llamadas la noche anterior al hallazgo del cuerpo. De hecho, había muy pocas; tan pocas que sospeché que tal vez tuviera otro número a nombre de otra persona. Me dije que lo comprobaría y fui a los registros telefónicos de su marido, que en cambio estaban muy llenos. Numerosas llamadas, en su mayoría cortas o muy cortas. La última a un teléfono móvil cuyo titular no estaba identificado (por tanto, solo aparecía en esa ocasión) a las 20:51 horas. Copié el número en mi bloc de notas y me dije que debía pedirle a Roberto la identidad del titular: era, probablemente, la última persona que había hablado con Leonardi. Luego volví a los registros de Lisa para comprobar si, por casualidad, esa tarde había alguna llamada, o contacto, con el último número de Leonardi. No lo había, lo cual me decepcionó un poco, aunque, desde un punto de vista investigativo, habría sido demasiado bonito para ser verdad.

Estaba a punto de empezar a analizar los días anteriores en los registros cuando se me ocurrió que sería más práctico revisar también los días posteriores a la muerte de Leonardi. O, por lo menos, el número de Lisa, ya que el teléfono de Leonardi había cesado para siempre de comunicarse con los demás después de la llamada de las 20:51 horas.

Recuerdo claramente haber bebido un sorbo de agua de mi botella, haber consultado el reloj pensando en el rato que aún me quedaba allí, haber reprimido el impulso de hacer una pausa para salir a fumar un cigarrillo, haber empezado a revisar de nuevo los registros y haber notado, al cabo de un minuto o menos, que se me helaba la sangre.

El último número –la última persona– con el que había hablado Leonardi en su vida era también el primero con el que había hablado su esposa Lisa a la mañana siguiente.

25

Las investigaciones funcionan así. Hablas con mucha gente, haces muchas preguntas y las informaciones, a menudo inútiles, se van apilando unas sobre otras. Pasan los días y lo que descubres no sirve de nada, no te lleva –aparentemente– a ninguna parte. Un don del buen investigador es perseverar, sin hacer caso a la voz interior que dice: «Todo esto es inútil, olvídalo». Hay que continuar hasta que –por casualidad, suerte, habilidad o terquedad– algo coincide inesperadamente con otra cosa. Hasta que todo el material volátil que has recogido se condensa en un núcleo que puedes ver y tratar de entender.

Tenía el número guardado, así que pulsé el botón y esperé. Contestó después de cuatro tonos y su voz sonaba cansada.

–Buenos días, doctor, soy Spada. Siento llamar así de repente, pero necesito hablar con usted urgentemente.

–¿De qué se trata?

–Si no le importa, me gustaría que nos viéramos. Tengo que enseñarle unos documentos.

No contestó. Lo oí respirar con dificultad.

–Puedo ir a su consulta ahora mismo, si es necesario –añadí.

No sé por qué, pero me había invadido una sensación de urgencia. Como si, de repente, el tiempo que tenía a mi disposición fuera poco, muy poco, y se me estuviera agotando.

–¿Doctor?

–De acuerdo, la espero.

Guardé las hojas impresas, algunas notas y un par de bo-
lígrafos –a saber por qué– en la mochila. Luego me despedí
de Olivia, que parecía decepcionada, y tras salir de casa cogí
un taxi.

Diez minutos después estaba frente a la consulta de Loporto. Tal y como me había propuesto, comprobé los hora-
rios y días de visita indicados en la placa que colgaba de la
puerta. Luego puse en marcha la grabadora del teléfono, cogí
aire y llamé al timbre. Abrió al cabo de bastantes segundos,
me saludó con una inclinación de cabeza y me precedió a una
habitación distinta a la de la última vez, una especie de segunda consulta con muebles más anticuados, medio vacíos,
y estanterías repletas de libros antiguos de medicina. La per-
siana estaba bajada y, en conjunto, la estancia transmitía un
aire triste de retirada; en la atmósfera flotaba un olor rancio.

–¿Qué tiene que enseñarme? –dijo, permaneciendo en
pie.

–¿Le importa que me siente?

–Adelante –dijo, y se sentó él también al escritorio.

–Antes de mostrarle los documentos –proseguí–, me gustaría pedirle alguna información más, alguna aclaración.

–¿Qué quiere saber?

–La última vez hablamos de cuando la señora Elena lo
llamó por teléfono, justo después de encontrar el cuerpo de
Leonardi. Usted comentó que no había respondido porque
estaba aquí, en la consulta, atendiendo. ¿Es correcto?

–Sí.

–¿Recuerda a quién atendía?

Hizo un gesto de impaciencia. Parecía irritado, casi ra-
bioso.

–¿Qué clase de pregunta es esa? Los pacientes vienen casi siempre sin hora de visita, sin preaviso, y yo los atiendo. Veo a muchos a lo largo del día. No tengo ni idea de quién estaba aquí esa mañana.

–Lo entiendo. Los pacientes acuden a la clínica en los días y horas de visita indicados y usted los atiende. Y así fue aquella mañana. ¿Es correcto?

–No entiendo adónde quiere llegar.

–Solo son detalles que quiero aclarar. ¿Es correcto lo que he dicho?

–Sí.

–¿Cuándo ha cambiado el horario de visitas de sus pacientes? El que está en la puerta de la consulta.

–¿De qué está hablando? El horario siempre ha sido el mismo.

–Bien, gracias. Otro detalle. Me dijo también que había visto por última vez al profesor Leonardi aproximadamente un mes antes de su muerte.

–No sé si fue exactamente un mes, ¿cómo se supone que voy a recordar ciertas cosas?

–De acuerdo, la precisión cronológica no es importante. Se encontraron por casualidad en la calle unas semanas antes de su muerte, pero no puede decirme exactamente cuándo. ¿Es así?

Suspiró de forma ostentosa, en un gesto de exasperación.

–Sí.

–¿Y esa fue la última vez que habló con él?

–Sí.

–Después de ese encuentro, ¿no volvió a hablar con él, ni siquiera por teléfono?

–No.

–¿Sabe por qué le he hecho estas preguntas?

–Dígamelo usted.

–Primero, porque esa mañana, cuando Elena lo llamó, era jueves. Y usted atiende los jueves por la tarde. Y segundo, porque en los registros telefónicos de Vittorio Leonardi aparece una conversación de aproximadamente un minuto con usted, a las 20:51 de la noche anterior al hallazgo del cadáver. La última llamada de su móvil, la última vez que Leonardi habló con alguien por teléfono.

Hizo un extraño gesto con la nariz, como quien huele algo que apesta.

–Usted no es investigadora privada. Lo he comprobado, no tiene licencia, no está cualificada para hacer lo que hace. Podría denunciarla.

–Usted mismo. La pregunta sigue ahí: ¿de qué hablaron durante aquella llamada y, sobre todo, por qué no informó a nadie, ni a mí ni a la hija de Leonardi, de que había hablado con el profesor poco antes de su muerte?

De nuevo aquella mueca. Sacudió la cabeza y miró hacia abajo tan fijamente que por un momento pensé que había algo en el suelo. Permanecí a la espera, reprimiendo el deseo de decir algo para inducirlo a hablar. Pasó un minuto, tal vez más; el silencio se había vuelto tan denso que cuando volví a oír su voz me sobresalté ligeramente. Comenzó a hablar como si reiniciara un discurso interrumpido:

–Le dio un ataque y me llamó, me pidió que fuera a verlo.

–¿Por qué lo llamó a usted y no a Urgencias?

Sonrió de una manera que me impresionó.

–El profesor Leonardi no era de los que llaman a Urgencias... como la mayoría de los mortales. Había tenido una subida de presión, nada demasiado alarmante. No quería causar una mala impresión molestando a algún colega de la universidad, pero al mismo tiempo tampoco quería correr riesgos. Así que telefoneó a alguien a quien consideraba una especie de mayordomo, casualmente provisto de conocimientos médicos.

–El viejo compañero de escuela.

–Toda la secundaria, todo el bachillerato y toda la universidad. Siempre juntos, incluso en la lista de clase: Leonardi, Loporto, Moretti, etc. Éramos inseparables. Si alguien me encontraba a solas, me preguntaba: «¿Dónde está Vittorio?». Lo mismo le ocurría a él, pero al revés. Mientras duró.

–¿Y cuánto duró?

–Ahora es difícil saberlo con certeza. Visto desde fuera, podría decirse que hasta el final. Pero las cosas no son así. Si ahora vuelvo la vista atrás, ni siquiera sé si alguna vez fue realmente mi amigo, si alguna vez le importé de verdad. En cualquier caso, nuestra relación de tantos años cambió cuando empezamos la especialización. Los dos nos habíamos licenciado *cum laude*. Él entró en cirugía, yo en medicina interna. Él comenzó su ascenso académico, pues su padre era un viejo y poderoso pez gordo, yo mi mediocre trayectoria como médico ordinario. Puede que las jerarquías entre nosotros ya estuvieran claras incluso antes, teniendo en cuenta que mi padre era empleado de banca, solo que yo no me había dado cuenta. Desde luego, a partir de ese momento nuestras trayectorias se separaron muy rápido.

–Pero siguieron viéndose, ¿no?

–Era una especie de representación, una pantomima de la amistad. Cada ocasión se convertía en una oportunidad para aclarar, implícitamente, cuál era el lugar de cada uno en el mundo. Él era el amigo importante, cada vez más, y yo el que como máximo podía aspirar al privilegio de ser admitido en su corte personal.

La voz de Loporto se había vuelto más firme, menos fatigada. La mirada se le aguzó. Se estaba deshaciendo de algo que lo había perseguido toda su vida.

–En la universidad yo tomaba notas, hacía esquemas para los exámenes, y él los utilizaba. Nunca me lo agradeció, daba por hecho que se lo debía. Daba por hecho que se lo debía todo. Puede que el rencor comenzara entonces, puede que más tarde. No lo sé. Para cuando quise darme cuenta ya era una masa gigantesca, como un tumor inoperable.

He escuchado muchas confesiones. Algunas son banales, monótonas y terribles; otras son enfáticas, indulgentes, dirigidas a la autoabsolución; otras, en cambio, regurgitan un arrepentimiento falso e insoportable. En todos estos casos, aunque los hechos relatados ocurrieran de verdad, lo que falta es la verdad. En la historia de Loporto, sin embargo, se podía escuchar la respiración profunda y ronca de la tragedia. Era un ajuste de cuentas con la existencia: la verdad iluminada por destellos lívidos y despiadados.

–Tal vez piense usted –continuó– que yo proyectaba en Vittorio Leonardi la culpa de mi fracaso personal. Y no se equivocaría. Así son las cosas. Pero la cuestión es que era un miserable. Muchas veces imaginaba que, de haber tenido la oportunidad de matarlo sin correr riesgos, lo habría hecho. Pero solo eran fantasías. Todo el mundo tiene pensamientos terribles, aunque a muchos les falte valor para admitirlo. ¿A usted le ha pasado alguna vez? No necesariamente pensar en matar a alguien, pero ¿al menos desear su muerte?

–Me ha pasado, sí.

–Entonces me entiende. No recuerdo quién dijo que el azar casi siempre nos da lo que nunca nos habríamos atrevido a pedir. Aquella noche fue así. ¿Sabe cuándo fue la primera vez que deseé claramente que muriera?

–¿Cuándo?

–Un par de años antes, más o menos, le pedí que operara a una amiga íntima de mi mujer. No parecía nada demasiado grave y él me dijo que no me preocupara, que se ocuparía personalmente. La ingresaron en su área, la operaron y cuando lo llamé me dijo que todo iba bien. Pero no todo iba bien. En cuestión de una semana, la mujer empeoró, tuvo una infección, los antibióticos no funcionaron. Resumiendo, que murió unos diez días después de la intervención. Mi mujer estaba destrozada. Fui a verlo a la clínica para preguntarle qué había ocurrido. Tenía prisa; lo sentía, pero no la había operado él mismo y, por desgracia, la cosa había salido mal. Me había asegurado que él mismo se encargaría personalmente, le respondí estupefacto. Le había surgido algo en el último momento y había tenido que asignar la operación a uno de sus ayudantes, estas cosas pasan, yo también era médico, no hacía falta ponerse a lloriquear. Literalmente. Lloriquear, dijo. Me quedé sin palabras y me fui, lleno de rabia y de vergüenza por no haber tenido el valor de partirle la cara. Tendría que haber encontrado ese valor antes, en muchas ocasiones.

Guardó silencio durante un rato. Ahora tenía una expresión extrañamente serena.

–¿Por casualidad fuma usted? –dijo de repente, en un tono de voz casi juvenil.

–Sí –respondí, asombrada.

–No he fumado un cigarrillo en treinta años. Tengo tantas ganas como si lo hubiera dejado ayer.

Saqué el paquete y se lo ofrecí. Cogió uno, lo sostuvo entre el pulgar y el índice, se lo acercó a la altura de los ojos y lo observó como si fuera un objeto de forma inusual. Luego se lo colocó entre los labios con gestos estudiados y yo se lo encendí; por último me encendí uno yo también. Dio tres o cuatro caladas, con los ojos medio cerrados.

–Hoy empiezo otra vez a fumar. Debería haberlo hecho ya. –Y, tras otra breve pausa, añadió–: Tengo cáncer. No me queda mucho, ¿por qué no voy a fumar? ¿Sabe cuándo descubrí que estoy enfermo? La semana anterior a... en fin, anterior a los hechos, a la muerte de Vittorio. Entre las muchas sensaciones que experimenté aquellos días había un insoportable caos de rabia e injusticia porque, con toda probabilidad, iba a morir antes que él. Quizás ese fuera, precisamente, el empujón final.

–¿Quiere contarme qué pasó?

–Cuando llegué a su casa le tomé la tensión: era alta, la máxima estaba casi en ciento ochenta y tenía algunos síntomas iniciales de angina. Le dije que le iba a dar una ampolla de Adalat, que es un antagonista del calcio usado para tratar la hipertensión y la angina. En aquel momento aún no había decidido nada. Luego fui a la cocina y, sin pensarlo ni dudarlo, llené la jeringa con una ampolla de adrenalina. Volví al dormitorio y se la inyecté. ¿Conoce los efectos de la adrenalina?

Asentí con la cabeza.

–Agravó el ataque de hipertensión.

–Exactamente. Estoy seguro de que no tardó más de dos minutos en morir. Pero yo ya me había ido. Cogí la ampolla, la jeringa y los envoltorios y me fui.

Acababa de terminarme el primer cigarrillo e inmediatamente encendí otro. Le ofrecí uno también a él, pero lo rechazó con un gesto educado.

–Lo ha grabado todo, ¿verdad?

Pensé en negarlo, pero no lo hice.

–Sí, estoy grabando.

—Estaba seguro de ello. ¿Y ahora?

—No lo sé.

—Según el diagnóstico de hace dos años, yo ya tendría que estar muerto. He durado un poco más de lo esperado, pero creo que nos acercamos al final. Tal vez no sea necesario denunciarme; de todas formas, no iré a la cárcel y solo conseguiremos que mi familia sufra.

—Puede, pero no me corresponde a mí decidir —dije mientras me levantaba.

De repente no quería saber nada más. De repente solo quería salir de allí.

26

¿Qué quieren las víctimas de delitos? ¿Las personas perjudicadas por los crímenes, quienes han perdido a seres queridos o su propia dignidad?

¿Que los autores reciban un castigo? Sí, eso también. Pero el castigo –venganza más o menos regulada por las leyes– es en gran medida una ilusión óptica.

Lo que realmente quieren las víctimas es la verdad. Lo único que a la larga es capaz de curar las heridas, de aplacar el dolor.

¿Y qué quieren los auténticos esbirros (palabra que para algunos es un insulto y para otros, como yo, un cumplido)?

También quieren la verdad. Los auténticos esbirros (ya sean policías, *carabinieri* o, tal vez, jueces) quieren que se restablezca, aunque sea temporalmente, el orden que el crimen ha alterado. Y la única forma de conseguirlo es reconstruir con dificultad un poco de verdad a través de las investigaciones y los juicios penales. Son instrumentos imperfectos, pero marcan la frontera entre la justicia y la venganza privada.

Ahora que sabía lo que había pasado, me preguntaba qué era lo más correcto.

Si descubres a un asesino, no lo dejas marchar. No puedes atraparlos a todos, muchos se te escaparán, pero cuando descubres a uno no lo dejas marchar. No te corresponde a ti decidirlo. Las leyes son la salvación del arbitrio, un remedio parcial a nuestra imperfección moral.

Intenté ordenar mis pensamientos, empezando por el dilema menos complicado. Le había prometido a Roberto que le contaría el resultado de la investigación, si es que lo había. Podía cumplir esa promesa; lo llamé, quedé con él y se lo conté todo. Era un hombre acostumbrado a moverse en el lado oscuro del ser humano y sus comportamientos, pero aun así nada te prepara para tales revelaciones.

–¿Me estás diciendo que lo mató con una inyección de adrenalina?

–Sí.

–Quiero decir, Leonardi lo llamó porque tenía la presión alta... ¿y él aprovechó para asesinarlo?

–Sí.

Suspiró, sacudiendo la cabeza.

–Algunas veces he pensado que era difícil adentrarse en la psicología de los yihadistas, pero en comparación con esto no era nada. ¿Por qué alguien llega a hacer algo así, a sangre fría?

No era una de esas frases que se dicen por decir, parecía realmente inquieto.

–El rencor está infravalorado.

–Ya. ¿Puedes pasarme una copia de la grabación?

–No. Pero haz lo que quieras con la información que te he dado. Pásala a la policía o a los *carabinieri*, y en la nota confidencial puedes poner que yo he obtenido la confesión de Loporto de manera informal. Si me llaman para confirmarlo, lo confirmaré. Y, en caso de que me lo pidan, les daré la grabación. Pero no creo que sea necesario. Si lo interrogan, confesará.

Tomó algunas notas en su teléfono, luego llegó el momento de despedirnos.

–No habrás cambiado de idea acerca de la posibilidad de

trabajar con nosotros, ¿verdad? Un bonito contrato confidencial de consultoría y toda la libertad que quieras. Sería un nuevo comienzo.

—La respuesta es la misma que la última vez. No es para mí. Pero gracias, te lo agradezco mucho.

El segundo dilema no era tan sencillo. Qué decirle, y cómo decírselo, a Marina.

Una vez más, la verdad sin ambages parecía la mejor solución.

Quedamos, como en las otras ocasiones, en el bar de Diego. Le ofrecí un informe completo, que escuchó en silencio todo el tiempo. Pálida, cada vez más pálida. Solo omití el detalle de la grabación. No quería que me la pidiese porque no quería dársela, no quería dársela porque no quería que la escuchara y no quería que la escuchara porque no era justo.

Cualquiera que hubiera sido la relación de Marina con su padre, no era justo que escuchara la historia de su muerte a través de la voz aterradoramente aséptica del asesino.

—¿Lo arrestarán? —preguntó finalmente.

—No lo sé. Está enfermo, creo que le queda poco tiempo de vida. Y, en cualquier caso, le corresponde a usted decidir si informa a la fiscalía de lo que le he dicho.

Omití decirle que, con toda probabilidad, ya lo habría hecho Roberto a través de sus propios canales.

—¿Qué me aconseja?

—Que hable con su abogado y lo decidan juntos. En lo que a mí respecta, si me llaman a declarar, contaré todo lo que Loporto me dijo.

Al menos tres veces pareció a punto de añadir algo, pero no lo hizo. Se sorbió la nariz, mientras los ojos se le humedecían. Luego sacudió bruscamente la cabeza, como si quisiera desterrar el sufrimiento.

–¿Cuánto le debo para acabar de pagar sus servicios?

–El adelanto que me dio es suficiente.

–Es raro. Me siento como si me acabara de enterar de que mi padre ha muerto. Han surgido recuerdos de mi infancia. Cosas que estaban enterradas quién sabe dónde. Muy raro.

Tenía una expresión absorta. Dos lágrimas le rodaron por las mejillas.

El tercer dilema era el más difícil de todos. ¿Tenía que hablar con Lisa y contárselo todo? ¿Incluyendo el hecho de que le había mentido y había fingido para poder investigarla?

¿Debería hablar con ella? ¿Escribirle, mejor? ¿O lo más correcto era desaparecer y dejar que descubriera cómo había muerto su marido cuando la historia saliera a la luz? Si es que salía a la luz. Después de todo, ni siquiera sabía si Loporto aún seguiría vivo cuando la revelación de la comisión de un delito llegara a la fiscalía. A menos, por supuesto, que me hubiera mentido sobre su enfermedad. Que te hayan mentido es una hipótesis que hay que tener en cuenta siempre, incluso cuando no lo parece.

Estoy divagando. Siempre lo hacemos cuando el tema central nos resulta doloroso.

Si hablaba con ella, o le escribía, tendría que justificarme: me había acercado a ella, casi me había convertido en su amiga, había estado en su casa. Bajo falsos pretextos y con el objetivo –cuya consecución consideraba más que improbable, aunque eso era irrelevante– de encontrar pistas contra ella, o al menos motivos para acusarla. Me había *introducido* en su casa porque la estaba investigando a ella por asesinato y, de paso, persiguiendo mis obsesiones. Había hecho el trabajo de un espía. Me imaginé a Lisa enfrentándose a mí, furiosa o, peor aún, decepcionada y amargada. Imaginé mi intento de explicárselo, un intento inútil: hay situaciones en las que es necesario renunciar a explicarse, porque el otro –o la otra– tiene derecho a conservar el resentimiento, la rabia, el rencor e incluso el odio. Lo sabía desde hacía mucho. ¿Cómo era la frase? La verdad duele solo cuando se miente. Quizá demasiado categórica, pero adecuada en mi caso.

Cuanto más lo pensaba, más improbable me parecía la idea de esa conversación, además de incorrecta desde un punto de vista ético. De repente me sentí mortalmente cansada, como si me hubieran drenado toda la energía.

Mientras pensaba en estas cosas, y en otras, sonó el teléfono. A Jung le habría encantado aquella coincidencia: era ella, precisamente en aquel momento. Habíamos quedado para ir a comer *sushi*. Habría estado bien. Aquella chica poseía una sinceridad y una ligereza que me habían hecho sentir bien, algo que no me sucedía desde hacía mucho tiempo con una amiga, con una mujer.

«Sí, habría estado bien», me dije con un suspiro de tristeza mientras dejaba que el teléfono siguiera sonando.

27

A veces entro en las iglesias. Elijo las vacías, las que no tienen atractivo turístico o artístico, cuando no se está celebrando ningún oficio. No entro a rezar, o al menos no lo creo. Me siento en medio de la nave y me quedo allí como si estuviera suspendida. Lo curioso es que en los momentos de perfecta soledad, cuando durante diez minutos o más no veo a nadie –ni sacerdote ni sacristán ni fieles–, me siento menos sola.

Otras veces, si me embarga la misma necesidad (aunque no sabría decir exactamente *qué* necesidad) y tengo más tiempo, voy al parque del Ticino: algunas mañanas de invierno puedes caminar durante horas sin encontrarte a nadie. Parece el escenario de un sueño, hecho de páramos y niebla; de taludes y ruinas misteriosas; de senderos interminables y laberínticas callejuelas; de bosques de álamos, robles, robinias y olmos. Me gusta mucho y a Olivia también.

–¿Vamos al parque, colega?

Se puso en pie de un salto y comenzó a mover la cola frenéticamente. Le encanta salir a pasear e ir al parque, pero sabe muy bien que el Ticino es algo especial.

En el viaje en coche pensé que a lo mejor leía la novela del escritor callejero. O a lo mejor no. Sus palabras me habían impactado, y también su dedicatoria: «Lo importante no es de dónde sacas las cosas, sino dónde las llevas». Cierto, muy cierto. Puede que el libro no fuera muy bueno y leerlo empañase el recuerdo. No sabía lo que quería hacer, ya lo pensaría, me dije mientras me concentraba en la carretera, donde de vez en cuando aparecía un pequeño banco de niebla.

Aparqué cerca de unas casas. No había ni un alma. Ni siquiera detrás de las ventanas se percibía la presencia humana. La única señal era un hilillo de humo que se elevaba hacia el cielo gris desde una de las chimeneas.

Olivia estaba ansiosa por bajar, pero no se movió hasta que le di permiso. En ese momento saltó del coche con un gesto atlético perfecto, tan ligero y casi inmaterial que parecía pertenecer al mundo de las películas de dibujos animados, y echó a correr loca de alegría. Se alejó unos cincuenta metros y luego volvió hacia mí, ladrando con moderación. Me estaba animando a moverme: había muchas cosas que hacer y ella quería hacerlas enseguida.

Alargué la zancada y pronto me encontré en medio de los senderos, entre los árboles. Olivia olfateaba por todas partes, frenética. La felicidad de los perros, al parecer, se basa sobre todo en conocer el mundo a través de los olores. La alegría que nosotros sentimos al contemplar un hermoso paisaje, una puesta de sol, una obra de arte, o al escuchar la música que nos gusta, los perros la experimentan a través del canal olfativo: si un perro pudiera describir su idea de la belleza, lo haría refiriéndose a todo lo que pasa por su nariz. Y por ese motivo, no hay que tirar de un perro cuando se detiene para oler algo en la calle, sea lo que sea. Es violencia, es como vendarle los ojos a una persona e impedirle que observe el mundo a su alrededor.

Olivia, por lo tanto, olfateaba y corría, y yo la seguía a cierta distancia con las manos en los bolsillos de la chaqueta, disfrutando del aire acre en la cara, dejando vagar mis pensamientos.

Todo había terminado hacía menos de un día. Sin embargo, los acontecimientos parecían distantes, ambientados en un pasado lejano y nebuloso. Nunca antes había experimentado con tanta fuerza la paradójica indescifrabilidad del tiempo. Estaba segura de que ese fenómeno, esa distorsión, tenía un significado, pero no conseguía captarlo. Esa incapacidad no me causaba frustración, al contrario: casi me producía una febril sensación de expectación, el comienzo de una intuición. ¿Dependía de lo que había sucedido? ¿Dependía de aquel lugar majestuosamente desierto, casi arcano, por el que paseaba? Puede ser.

Sin darme cuenta, pasé del recuerdo distante de aquellos acontecimientos recientes a otros pensamientos.

Una vez fui a parar casualmente a la charla TED de una científica canadiense, Suzanne Simard, que ha dedicado su vida al estudio de los bosques; se titulaba *Cómo los árboles se comunican entre sí*. Simard me cayó bien enseguida y creo que ese fue el motivo de que viera la conferencia hasta el final. Era una señora rubia de unos cincuenta años, vestida con una sencillez elegante. Llevaba gafas sin montura y tenía la expresión infantil de la niña que saca las mejores notas en clase y pasa los deberes a sus compañeros, que no le da importancia a ser la primera de la clase.

Cuando caminamos por un sendero forestal, normalmente dirigimos la mirada hacia arriba, hacia las copas de los árboles; o hacia delante, hacia los troncos, las ramas caídas y las huellas de los animales salvajes (para quienes sepan reconocerlas). A Simard, en cambio, le interesaba lo que ocurre en el subsuelo de los bosques. Bajo las hileras de árboles se extiende una interminable red de raíces y hongos. Estas ramificaciones conectan árboles muy separados entre sí; hongos y árboles crean una alianza subterránea que les permite comunicarse y colaborar. Gracias a las señales que transmiten los hongos, los árboles pueden advertir a sus vecinos en caso de amenaza (por ejemplo, en el caso de la llegada de una plaga a la que hay que responder produciendo sustancias químicas) y pasar nutrientes a los árboles más jóvenes, más frágiles o menos expuestos al sol. Se trata de intercambios que no solo se producen entre especímenes de la misma especie, sino también entre los de especies diferentes y, por tanto, considerados tradicionalmente rivales.

Por qué los hongos transportan nutrientes entre las raíces de diferentes árboles que cooperan entre sí sigue siendo un misterio. No solo para mí, sino también para los científicos. La cuestión es que los bosques tienen una organización mucho más compleja de lo que jamás podría haber imaginado. Árboles, musgos, hongos y bacterias son interdependientes y forman estructuras que son mucho más que la suma de sus componentes. Por esta razón, algunos científicos se refieren a los bosques como «superorganismos».

Esta conciencia, el hecho de *saber* estas cosas, puede despertar sensaciones contradictorias, creo, al pasear por un bosque. Tanto ajetreo de vida e inteligencia ajena bajo nuestros pies puede generar ansiedad. O puede provocar una ligera euforia, una idea de totalidad, de formar parte de algo. La tranquila e impredecible sensación de existir que sentía yo aquella mañana.

Olivia se lanzaba precipitadamente hacia la orilla del río, se acercaba a lamer el agua helada, y luego subía de nuevo y hundía sus poderosas patas en el suelo arenoso de los taludes. Una vez de nuevo en el sendero corría delante de mí, luego volvía atrás y luego echaba a correr de nuevo.

Después de un par de horas le dije que teníamos que volver a casa. No protestó, estaba agotada; en el coche se quedó dormida al instante.

Acababa de arrancar cuando el teléfono vibró para anunciarme que había llegado un mensaje. Era Alessandro, que me preguntaba si todo iba bien y si, por casualidad, me apetecía que cenáramos juntos. En su casa, si quería. Contemplé el teléfono durante mucho rato, pensando que aceptaría la invitación, que cenaríamos juntos y beberíamos un buen vino y que en algún momento lo miraría a los ojos y él se avergonzaría, sin saber qué hacer. Pero yo sabría perfectamente qué hacer. Me entró la risa, como si fuera una cría tontita ante sus primeras experiencias. Y pensé que era maravilloso que me entrara la risa. Era maravilloso sentirme como una cría tontita. Tuve la sensación de haber dado un salto acrobático en el tiempo hasta la época en la que era (¿o creía ser? ¿De verdad había diferencia?) libre e invencible, con mis múltiples partes, mis disonancias, mis materiales discordantes en equilibrio entre sí.

En precario, perfecto y resplandeciente equilibrio entre sí.

Esta primera edición de *Rencor*,
de Gianrico Carofiglio, se terminó de imprimir
en Grafica Veneta S.p.A. di Trebaseleghe en Italia en octubre de 2023.
Para la composición del texto se ha utilizado la tipografía Celeste
diseñada por Chris Burke en 1994 para la fundición FontFont.

Duomo ediciones es una empresa comprometida
con el medio ambiente. El papel utilizado para
la impresión de este libro procede de bosques
gestionados sosteniblemente.

PEFC/18-31-226

Este libro está impreso con el sol. La energía
que ha hecho posible su impresión procede
exclusivamente de paneles solares.
Grafica Veneta es la primera imprenta
en el mundo que no utiliza carbón.

Otros títulos
del autor en Duomo